Cat. demson. 1531

LES
PREMIERES IDEES
D'AMOVR, DE FRANCOIS
BERTHRAND, D'ORLEANS.

Collegij [...] [...] [...]

A

MADAME D'ENTRAGVES.

A ORLEANS,
Par Fabian Hotot, Imprimeur ordinaire
du Roy, & Libraire juré de
l'Vniuersité.

M. D. XCVIIII.

Auec Permiſsion.

LE CONTENV EN CE VOLVME.

EPISTRE
A MADAME D'ENTRAGVES.

MADAME,

Ie recognoy maintenant que la diuinité s'affuble & se voile bien souuent du māteau de nostre humanité, Voyāt vous briller cóme au trauers d'vn nuage diaphane delié le ray d'vne Deesse cœleste. Car si en la face Aiax flāboyoit le courage & l'esprit du Dieu Mars, a la vostre se lisent tous les doux traictz & tous les ācamentz d'vne chaste Venus. Et cóme les Soldatz armes se tenoyent asseurés soubz l'abry de son effoyable bouclier, aussy mes petits soldatz d'Amour, ie i'ay equippez ainsy que i'ay peu, pouront soubz tarñge de vostre diuine benignité paroistre parmy monde, & affronter, bien qu'armez à la legere, la ix moissonneresse du Téps, & se defendre de la dét aline de l'ennye. C'est pourquoy i'ay pris la hardie de les faire marcher soubs vostre conduite, & leur auer sur le front comme pour asseurance, le traict vostre grandeur, pour faire estonner le docte, & mirer l'Ignorant. Vous les receurés donc d'aussy n cœur comme de bonne volunté ilz se donnent à us. Et que ie desire estre toute ma vie.

ADAME

Vostre tres-humble & affectionné
seruiteur, F. BERTHRAND.

STANCES.
DE L'AVTHEVR,
A ELLE MESME.

L'IDEE dont Amour donne essence à ma flame,
Et dont triste ie fais mille escrips nuict & iour,
Monstre que le feu seul faict discourir mon ame,
Et que i'ay beaucoup moins de sçauoir q̃ d'amour.

Les discours furieux & pleins de fantasie,
Qui naissent mal limés de ma conception,
Tesmoignent que i'ay moins d'art que de ialousie,
Qu'Europe à plus de cœur que de compassion.

Le Démon qui forma dans mes yeux cette Idée,
Qui l'imprima depuis au marbre de mon cœur,
Predit que mon amour deux ans seroit guidée
Par le contentement, & six par le malheur.

Qui veut aymer il doibt s'exposer aux alarmes,
Aux frayeurs, aux desdains, hostes d'vn vray amant,
Auoir le ris en face, & en l'ame les larmes,
Se feindre tres content au millieu du tourmens.

Il doibt estre asseuré au millieu de la crainéte,
Se desesperer au millieu de l'espoir,
Auoir vne amour vraye, & vne ioye feinte,
Fuir, & entretenir ce qu'on ne voudroit veir.

Le ciel & ses brandons sont heureux ce me semble,
Ilz ont beaucoup de feu, & ne vont pas aymant,
Qu'heureux est qui au ciel & aux astres resemble,
Qui ne se va soymesme en ses feux consumant.

MADAME d'un bon œil receués cet ouvrage,
Amour y est depeinct, comme il est dans vos yeux,
Et bien qu'il ne merite ung ray de vostre Image,
Ayés autant le cœur que le front gracieux.

Si de le lire ung peu voulés la peine prendre,
Vous m'y verrés mourir, & puis viure sondain:
Non de feu seulement, mais d'vne belle main,
Puis Vnicque Phœnix renaistre de ma cendre.

Ie seray glorieux si l'œuure vous agrée,
Que l'appen pour vous seule à l'Immortalité,
Et touttefois ie croy qu'vne chose sacrée
Est tousiours agreable à vne Deité.

F. B.

In amores Iouis & Europæ à doctissimo Poëta
F. Berthrando gallice Instauratos.
☙

uropæ, magnique Iouis succendit amores,
    Sed flammas habuit graia Thaliâ leues.
Europæ magnique Iouis restinxit amores
    Ille senex nullo qui calet igne Deus.
uropæ magnique Iouis reparauit amores
    Cui Phœbus fingit carmina, dictat Amor.
uropæ magnique Iouis violabit amores
    Nulla dies, quamuis inuidiosa premat.
Mars & Amor firmo, Phœbus quoque fœdere iuncti
    Gallica quod cecinit Musa perire vetant.

P. Tripsæus Belga.

In Berthrandi Aduocati Poëmata.
Epigramma.

astorum dulces resonat tua musa querelas,
    Et varium grata voce poëma canit.
Exin Pierij sinuosa cacumina montis
    Transcendens, Veneris dulcia castra petit.
t ne perpetuô lateri lethalis arundo
    Hæreat, optato quærit amore frui.
Qualia belligeri sint tela Cupidinis, arcus,
    Et pharetra, hic discet quisquis amare volet.
ic cœptum fœlix percurrit musa laborem,

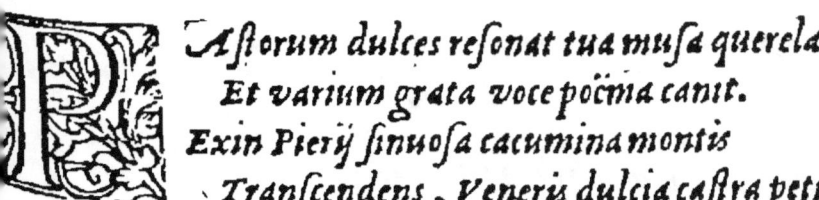

Annuit & votis Pallas amica tuis.
Hæc funt magna quidem, fed tu tollendus ad aftra
　Maiori terte dignus es encomio. Ὑπακορίζη
Quod tibi cum Phœbo fit iuncta fcientia Iuris,
　Et te præ reliquis Iuftinianus amet.
Ergo facræ facras leges annecte poëfi,
　Et tibi cum Phœbo fit comes vfque Themis.

Dauid Choppin in Aurel. cur. confil. reg.

In gratiam & laudem Francifci Berthrandi
Epigramma.

Vam mirè hic Berthrande tui pinguntur amor
　Quam bene fub ficto languet amore Venus?
Hic lachrimæ, rifus, fufpiria multa, falefque,
　Lufus, amor, rixa, prælia, paxque vigent.
Hic bene concordi difcordia nafcitur ore,
　Hic bene fub dulci melle venena latent.
His Venus arridet, Phœbi tibi gratior aura eft:
　Quis cadet ex bino numine fultus amor?
Qui leget hæc noftra dicet fpes altera linguæ
　Nafcitur, & patriæ fit rediuiuus honos.

Aliud.

E' Tribus Europam terræ tibi partibus Vnam
　Eligis, Europæ hei mihi quantus amor?
Hanc redamas: non quod tellus Genabenfis in illa eft,
　Sed quod in Aurelia pars ea claufa latet.
Diligis Europam? patrio lauderis amore,
　Natalis fumme tactus honore foli.

E PREMIER LIVRE DES AMOVRS D'EVROPE.

PAR FRANCOIS BERTHRAND, D'ORLEANS.

SONNET. 1.

VROPE si ie puis tu seras immortelle,
Viuant par le diuin de ta saincte beauté,
Et si tu m'as esté difficille & rebelle,
Difficille est le but de la diuinité:
Si tu ne m'eusse' esté & rigoureuse & belle,
u ne serois cogneue à la posterité,
meurs par ta rigueur, & tu vis eternelle,
ar ainsi de ma mort naist ton eternité.
Aussy la mort de l'vn de l'autre est la naissance,
t telle est de ce monde & l'ordre & la cadance,
ui ne vit inconstant que par son changement:
Mais comme au ciel Pollux fit reuiure son frere,
Aussy ta deité reuiure me peut faire
ans le ciel de tes yeux perpetuellement.

2

Hé pourquoy branflés vous tant de traiĉtʒ dans la main,
Tant de brandons fumeux, vrays bourreaux de ma vye,
Et pourquoy d'vn rocher couurés vous voftre fein,
Apres que vous m'aués fi bien l'ame rauye?

Le glaiue conuient il aux fexe fœminin? ..
Le feu vous plaift il tant ma fuperbe ennemye?
Quoy la fille qui à le cœur fimple & benin
S'arme tellé de feu, de fer, & de l'enuye?

Voulés vous eftre fiere, & ioindre à la beauté,
Le feu, le fer, l'enuye, auec la cruauté,
Et refembler hardie aux fanglantes Belides?

D'elles vous differés en cela feulement,
Qu'elles firent mourir vne fois leur amant,
Et ie meurs tous les iours de cent fers homicides.

3

Ie meurs, & vous viués, ie meurs pour vous voir viure
Et pour me voir mourir vous viués fans foucy,
Ma mort eft voftre vye, & ce funefte liure,
Qui contient mon tombeau, vous fera viure auffy.

Ie meurs, & ie ne puis outrepaffer la riue
D'Acheron de fumée affreufement noircy,
Ie meurs, & fi mon ame amoureufe & craintiue,
Ne peut viuant dans vous fe departir d'icy:

Ie meurs donq' & ie vis, chofe prefque incroyable,
Mourant ie fuis heureux, & viuant miferable,
La mort m'eft vne vye, & la vye vne mort:

Mais donnés moy la main, non la main, mais la vye:
Donnés la s'il vous plaift vous me l'aués rauye,
La retenir ainfi c'eft me faire vng grand tort.

4

Ie suis comme Ixion malheureux en amour,
brusloit des beaux yeux d'vne grande Déesse,
t vne autre Déesse enflame nuict & iour
les os, & ma mouelle, & viuement m'oppresse:
  Soubz vng visage feint Ixion feut deçeu:
uyssant d'vne forme, & faulse & charmeresse,
t d'vn corps aeré mon brasier est repeu,
ui ne me laisse au cœur qu'vne uaine liesse.
  En cela Ixion eut du contentement,
u'il engendra des filz d'un tel embrassement,
t ie n'engendre rien qu'un soin qui me bourelle:
  Mais nostre sort n'est qu'un: pourautant que la bas,
our sa peine il endure vne peine eternelle,
t i'endure icy haut vng eternel trespas.

5

Au milieu de l'espoir ie suis desesperé,
Au milieu du brazier ie ne suis rien que glace,
t Cypris qui sçait bien que son traict me tirasse,
l'esclaue dans les nœus de vostre poil doré:
  I'espere en contemplant uostre front azuré,
t les mignons attraictz, enfants de uostre grace,
t puis le desespoir toute l'ame me glace
uand uostre œil ua brillant d'un grand traict acceré:
  Le feu qui me norrit, me paist d'vne asseurance,
a glace me deceoit, & m'oste l'esperance,
t que pour ung espoir le desespoir me suit:
  Heureux, & bien heureux celuy qui rien n'espere,
t qui n'esperant rien, de rien ne desespere,
ui ne se uoit trompé d'un espoir qui le fuit.

                                    A ij

6

Ce pendant que le ciel me trame une filace,
Qui ne traine apres soy qu'une facheuse mort,
Paris uous tient captiue aux appas de sa grace,
Et d'un mauuais dessein ueut troubler uostre sort.

Ie ne sçay quoy de beau dans ses lacqz uous enlasse,
Vous trompe, & uous retient pauurette sur son bord,
Et Amour qui du cœur les choses nous efface,
Vous rauit le desir de démarrer du port.

Ainsy les compagnons du uoyageur Vlysse,
Charmés par la douceur du breuuage de Circe,
Quitterent leurs Enfans, leur femme, & leur maison.

Vous laisses uos enfans, les Vers que ie compose,
Qui comme une Pallas naissent de ma raison,
Et mon cœur, la maison ou uostre ame repose.

7

Ie suis, & ie ne suis, par uostre amour ie suis,
Amour qui d'un espoir norrit mon esperance,
Ie suis quand le rayon de uostre œil que ie suys,
M'engraue dans le cœur une ferme asseurance:

Ie ne suis, & ie souffre ung Occean d'ennuys,
Quand ung autre terroir uous tient en sa puissante,
Et comme le defaut du iour cause les nuictz,
Ainsy mille trespas me cause uostre absence:

Ie tiens d'amour ma uye, & de uous mon malheur,
Sans Amour qui soustient les forces de mon cœur,
Vostre absence eut desia borné ma destinée.

Ie suis donq par Amour, par uous ie ne suis pas,
Par luy ie suis à uous, & par uous au trespas,
Et ie suis, & ne suis pour uous auoir aymée.

8

Ie suis semblable au filz d'Alcmene l'infidelle,
Deux serpantz estoillés ennuyoient son bonheur,
Et vos flambeaux dorés, bessons pleins de rigueur,
Enuyent mon amour, & ma flame nouuelle.
Il eut vne Iunon, vostre face cruelle
Qui me brasse ialouse vng funeste malheur,
Me sert d'vne Iunon, mais il donta l'horreur
Qui tourmentoit la terre, & vostre œil me bourelle.
Il eust pour compagnon le meschant Eurysté,
Tesmoing de ses combatz, & vostre cruautê
En mes plus grandz trauaux me sert de compagnie:
Il ayma sa Megare, & ie vous ayme aussy,
Mais dans le feu cuisant il charma son soucy,
Et dans le froid glacé ie consomme ma vye.

9

Comme Argus gardien de la Royne des Cieux,
Detenoit vne vache estroittement captiue,
Ainsin estroittement me detiennent voz yeux,
Et voulent que pour eux brutalement ie viue:
Pour cherir son amy, le Dieu de tous les Dieux,
L'enuyeuse Iunon luy trama ce supplice,
Et vostre enuye helas me rend tout furieux,
Insensé, sans raison pour vous faire seruice:
Mais ell' eust vng Mercure, & moy ie n'en n'ay point,
Elle reprit sa forme, & l'amour qui me poinct,
Au lieu de ma raison, m'entretient d'vne rage:
Et Argus en cela differe de vostre œil,
Qu'il alla voir la bas les larmes, & le dueil,
Et vostre œil n'est subiect à ce mortel passage.

IO

Vous sçaués que voz yeux sont seigneurs de ma vye,
Seigneurs de mon repos, Seigneurs de mon trespas,
Et qu'il faut que sans eux malheureux ie desuie,
Que ie quitte le ciel pour descendre la bas:

Vous sçaués comme ilz sont agités d'vne ennye
De rompre le destin dont l'on faict tant de cas,
Vous sçaués leur rigueur, vous sçaués leur furie,
Qui me poursuit absente, & tallonne mes pas:

Les horreurs d'Acheron poursuiuoyent vng Oreste,
Et leurs tristes fureurs pendent desur ma teste,
Oreste feut chetif, & ie suis malheureux:

Mais ce qu'on dict de luy, ce ne feut qu'vne fable,
Il n'eust iamais l'Enfer contre luy rigoureux,
Et tu le sçais, Le Brect, mon mal est veritable.

II

Maintenant que Paris cette ville admirable,
L'œil de toute la france, ainçois de l'Vniuers,
D'vn faux espoir te charme, & te paist d'vne fable,
Sans espoir de retour tu mesprise mes vers.

Ainsy du fin Gregois la trouppe miserable,
Seduitte des douceurs d'vn aliment peruers,
Perdant le souuenir d'vne amour pitoyable,
De diuers animaux vestit les corps diuers.

Le voleur Promethée accompagné d'audace,
Rauit le feu du ciel pour animer sa glace,
Et receut le guerdon de sa temerité:

Et toy trainant au corps vne ame temeraire,
Tu vas chercher ailleurs vne flame estrangere,
Qui surpasse en rigueur les maux de Promethé.

12

Vng feu perpetuel horriblement ondoye
Sur le corps de Typhée, & ie ne suis vng iour,
Malheureux que ie suis, que le flambeau d'Amour,
Ainsy que faict Ætna, dans mes os ne flamboye:

Il estoit trop heureux, si l'esprit qui fouruoye
Les hommes, ne l'eut point plongé dans ce seiour,
Et ie serois heureux si ce borgne & ce sour
Ne plongeoit son brandon au milieu de mon foye.

Encore son brasier n'est rien que glace au pris
Du feu desesperé de la fiere Cypris,
Car la flame d'amour surpasse toute flame:

Puis Typhé feut puni pour estre glorieux,
Et moy ie porte au cœur vng ennuy soucieux,
Pour m'estre humilié iusqu'aux piedz de Madame.

13

Quand ie sens que l'Amour me tourmente si fort,
Que ie meurs sans secours au milieu de la vye,
Ie pense que l'Amour est Enfant de la Mort,
Et qu'il ne vit iamais les vergers d'Idalie:

Si tost que sa sagette ennuyeuse à mon sort,
Sur moy traistreusement exerce sa furie,
Ie n'ayme plus le ciel, mais veuf de tout confort,
Entre tant de tourmentz apres l'Enfer ie crie.

Quand i'estois franc d'amour ie viuois bien heureux,
Maintenant ie vous ayme, & ie meurs malheureux,
Car l'amour & la mort sont de mesme nature:

Et soudain que l'Amour me veint siller les yeux,
La mort m'osta la vye, & la clairté des cieux,
Si qu' Amoureux & mort cruellement i'endure:

14

Tous les plus durtz trauaux dont Amour me martyre,
Me feroyent en mourant viure plus longuement,
Si tu ne te mocquois quand pour toy ie souspire,
Et ne prenois plaisir à me voir en tourment.

Quand l'Enfant Gnydien dans l'estomac me tire
Vng carquois plein de traictz d'vn seul descochement,
I'espere en tous ces maux, mais quand ie te voy rire,
Alors ie desespere, & meurs cruellement,

Car quoy, qu'est ce d'aymer n'ayant point d'esperance?
Aymer sans esperer c'est mourir en souffrance,
Veu que toute l'amour ne vient que de l'espoir:

Mais puis que tu ne fais que rire de ma peine,
Et que tu m'es Europe à grand tort inhumaine,
I'embrasseray la haine auec le desespoir.

15

Belle sœur d'Apollon si tu m'es fauorable,
Et secourable aussy, recele ta clairté,
Le ciel mesme à pitié de me voir miserable,
Et que pour bien aymer ie perdz ma liberté:

Tu sçais que cest d'aymer, si l'on croit à ta fable,
Que c'est d'vn doux desdain, & d'vne cruauté:
Puis donq que tu le sçais monstre toy pitoyable,
Et emble de nos yeux ton carrosse emprunté.

Ie voy dedans la ruë vne importune presse,
Et ie sens d'autre part l'amour de ma Deesse,
La crainéte me retient, & me contrainét l'ardeur:

Mais conduis tes moireaux sur le mont de Latmye,
Va baiser cet amant qui cause ta langueur,
Et moy i'iray baiser les beaux yeux de m'amye.

16

Allés tristes sanglotz, allés voir la cruelle,
Qui de mon cœur nauré ensanglante sa main.
Mais non n'y allés pas, car bien qu'elle soit belle,
Pourtant elle ne coue en l'ame rien d'humain.

Demeurés doncq icy, & fuyés la rebelle,
Fuyés ses cruautés bouffantes en desdain,
Vous ne sçauriés flechir cette sourde pucelle,
Qui porte vng grand rocher au profond de son sein.

Plus d'vn vers enchanteur ie traine cette roche,
Plus elle tombe en bas, sitost qu'elle s'approche
Du lieu qui me trauaille, & ainsi sans repos:

Ie plore, ie me plaindz chetif ie me lamente,
Parquoy tristes sanglotz logés vous dans mes os,
Et tesmoignés au moins du soing qui me tourmente.

17

Si pour mourir pour vous m'arriuoit quelque bien
Volontiers à la mort i'eschangerois la vye,
Mais quand la mort pour vous m'aura l'ame rauye,
Vous en prendrés vng autre, & ie n'auray plus rien.

Si pour me voir plus blanc qu'un marbre Pārien,
Ie pouuois esmouuoir vostre Amour qui me lie,
I'irois ainsy qu'Orphé soubz la voute blesmie
Emprunter le portraict d'un corps Plutonien:

Mais ie croy que mon sort est au sien tout semblable,
Amoureux il mourut, & ie meurs miserable,
Vous aymant mon Europe, & vous ne m'aymés pas.

Pour iouyr d'Euridice il vit la bande noire,
Et pour iouyr du bien qui cause ma misere,
Ie verroi sans frayeur les frayeurs de la bas.

18

D'ou naiſſent tant de pleurs? ou en eſt l'origine?
Puiſ ie bien de mes yeux reſpandre tant de pleurs?
Ie ne puis, mais le feu qui bruſle ma poiĉtrine,
Conſume de mes os les vitales humeurs:

　Ainſy pour trop t'aymer Europe ma diuine,
La mort deſur mon chef d'eſgorge ſes fureurs,
Et tu vois que mon bien par mes yeux ſe termine,
Et que mes pleurs auſſy finiſſent mes malheurs.

　Si donq tu te plais tant à me voir en allarme,
Le traiĉt au fond du cœur, au fond de l'œil la larme
Souſpirant de ſoucy: appaiſe ma douleur.

　Vng peu d'affection mourant me fera viure,
Ou ſi peur me tuer tu pourſuis ta rigueur,
Au lieu de ton amant tu n'auras que ſon liure.

19

　Comment m'aymeriés vous? que vous prenés plaiſir
De me voir maiſtriſé d'vn Enfant qui m'affole?
Et que rien n'aſſouuit voſtre inconſtant deſir
Que le rapt de mon cœur qui dans vos yeux s'enuole?

　Comment m'aymeriés vous? puis qu'il me faut mourir
Du coup de voſtre main, ſans que rien me conſole:
Encore ſi la mort las me pouuoit guerir
Du mal dont ma raiſon pour vous aymer eſt folle.

　L'ardeur que vous auriés de me reduire en rien,
M'apporteroit aumoins par ma mort quelque bien,
Et pour mourir pour vous i'auroys quelque ſalaire:

　Mais ſi bani de vous ie n'eſtois plus icy,
Encore que la mort ſoit la fin du ſoucy,
Tout le bien que i'auroy ne ſeroit que miſere.

20

Cruelle tu reuiens me martirer encore,
Vne mort ne suffit pour appaiser ta faim,
Tu as dans vng escrein les malheurs de Pandore,
Et tu le veux vuider pour m'en perdre le sein:

Tu as pris ta naissance ou d'vn Scythe, ou d'vn More,
Puis que du sang humain tu vas souillant ta main:
Tu veux tuer deux fois celuy la qui t'adore,
De retuer vng mort n'est-il pas inhumain?

Ne reuiens ie te prye, abandonne la place,
Que pourroyent tes beaux yeux enuers vne carcasse,
Qui ne veoit, qui n'entend, qui ne peut s'enflamer?

Fais comme fit Venus, tu ne seras reprise,
Quand Adonis feut mort, ell' ayma son Anchise,
Aymes en donq vng autre, & ne me viens aymer.

21

S'il faut souffrir la mort pour vous donner la vye,
Et pour vous rendre heureuse embrasser le malheur,
Que l'hoste de Caucase accoise sa furie,
Et preine quelque exemple à ma longue douleur:

Quand contre son espoir l'amant est malheureux
Seul du sort accablé, alors il desespere,
Mais si l'on l'accompagne il deuient bienheureux,
Et en desesperant constamment il espere:

Si ce n'estoit l'espoir qui me faict esperer,
Mon cœur desesperé ne pourroit endurer
La moictié du soucy dont l'espoir me martelle.

Mais i'ayme mieux mourir vous aymant icybas,
Que de viure & languir en ne vous aymant pas:
Car c'est d'heur de mourir, & vous aymer ma belle.

22

Tous ceux qui ſçauent bien que voſtre amour me bleſſe,
Diſent que ie vous ayme, & que ne m'aymés pas,
Et vont d'vn hauſſebec blaſmant voſtre rudeſſe,
Vos yeux le voyent bien, & n'en font pas grand cas.

Mais enſerpentés moy le col de vos deux bras,
Et monſtrés que l'amour ſe mene par fineſſe,
Et qu'au milieu du iour vous aymés mon treſpas,
Ma vye quand la nuiȼt eſt affreuſe & eſpeſſe:

Ceux qui ſont ignoran̅z de voſtre affeȼtion,
Vous appellent ſans ceſſe vng roc ſans paſſion,
Vng cœur veuf de l'amour, vne beauté de glace:

Mais il̅z ne ſçauent pas, les inſenſés qu'il̅z ſont,
Que vos yeux ont de traiȼt̅z que de feux voſtre front,
Que d'œillet̅z voſtre ſein, que d'amours voſtre face.

23

Las quel regret me poingt, quel ſoucy me bourrelle,
D'aymer vng beau ſoleil qui fuit mon amitié,
Ne vous monſtrés Europe à mes douleurs cruelle,
Ains de ma loyauté prenés quelque pitié:

Ainſy qu'Amour cognoiſt mon amour eternelle,
Qu'immuable il vous voye en voſtre loyauté,
Le deſtin contre nous ne ſera pas rebelle,
Mais nous guerdonnera d'un bien non limité.

Si perdant ce gros cœur qui me rendoit ſi braue,
D'vn autre bel obieȼt ie me ſuis faiȼt eſclaue,
Amour en doibt ſouffrir la peine, & non pas moy:

Soit que dedans vng champ, ou pres d'vne muraille,
Vng bataillon remporte, ou perde la bataille,
La gloire ou bien le blaſme en tombe ſur le Roy.

24

Cessés ma chere Europe a plaindre mon desastre,
essés de souspirer, r'asserenés vos yeux:
ontre Amour, & la mort ie ne sçaurois combatre,
vne commande en terre, & l'autre dans les cieux:
Mais cessés de plomber ce beau verger d'albastre,
e verger qui recele vng fruict delicieux:
ar mon malheur ne vient que pour estre idolastre,
es beaux yeux qui feroyent idolastrer les Dieux:
Puis que mon mal premier de vous prend sa naissance,
t que vous en aués perfaicte cognoissance
epuis six ans entiers que ie suis sans raison:
Ne plorés ma douleur, mais appaisés ma peine,
os pleurs ne m'osteront hors de vostre prison,
Iais l'amour qui me tué, & vous peut faire miene.

25

Soit que pour vos beaux yeux ie viue malheureux,
u que constant ie meure au milieu de la flame,
ı vye & le malheur me plaisent bien Madame,
t la flame & la mort me rendent bien heureux:
Si de vostre beauté ie ne suis amoureux,
suis comme vng rocher sans poulmons & sans ame,
la mort ne me tue, & l'Amour ne m'enflame,
ne respire rien qu'vn destin rigoureux:
Pour rendre donq contente en vous aymant ma vye,
veux viure & mourir, en despit de l'enuye,
usler dedans la glace, & gesler dans le feu.
Si la haut dans le ciel Alcide eust vne place,
ur s'estre consumé dans le feu peu à peu,
viuray bien heureux mourant dedans la glace.

26

Ne fuis Europe Agenoride race,
Ie ne suis pas cet amoureux Taureau,
Ny ce Cretois, qui rauy de ta grace,
Fier t'emporta parmy l'horreur de l'eau:
  Las ie ne couue vne pareille audace,
Mais bien ie couue vng semblable flambeau,
S'il feut amant prisonnier de ta face,
Ie suis captif de toy, & du tombeau:
  Donques ne fuis, ne priue ie te prye,
Mon œil du tien, ma vye de ta vye,
Et t'esloignant ne m'esloigne mon bien:
  Ou iras tu belle phœniciene?
On voit cy prés le haure de ma peine,
Et bien loing est ton port Sydonien.

27

Bien que i'endure vng tourment lamentable
Aymant vostre œil qui d'vn traict m'a donté,
Peu ce seroit, si vostre cruauté
En mes malheurs se monstroit fauorable:
  Vous estes belle, & non pas pitoyable,
Mais sans pitié que vous sert la beauté?
Veu qu'estre belle, & pleine de fierté
Rend vng ieune homme amant & miserable?
  Vous voulés donq que ie sois malheureux,
Puis que vostre œil traistrement rigoureux,
De mille traictz la poictrine me blesse:
  Bien ie mouray, & vous viurés icy,
Moy en mourant ie viuray sans soucy,
Vous en viuant vous mourés de tristesse.

28

Pour le tourment qui cruel me martelle,
Et pour le feu qui me brusle tousiours
Pour aspirer à si hautes amours,
Et pour languir de vous voir si cruelle.

Pour vous aymer, & vous estre fidelle,
Viure & mourir millefois tous les iours,
Et en mourant tournoyer mille tours,
Pendu dessus vne roüe eternelle:

Pour vous seruir aussy loyalement
Qu'une Déesse, & n'auoir que tourment
Vous m'estes las cruellement felonne:

Si ie ne puis contenter mon esmoy,
Et la douleur que vostre amour me donne,
A tout le moins ma Belle baisés moy.

29

Ie suis du tout à Leandre contraire,
Il feut heureux, & ie suis malheureux,
Il iouissoit d'une claire lumiere,
Et ie iouys d'un Enfer tenebreux:

Sa belle Dame, ains plustost sa misere,
L'empoisonna d'un phyltre doucereux,
Et ma Venus rigoureusement fiere,
Veut que ie viue, & me rend langoureux.

Quand Apollon nous emporte le iour,
Mille flambeaux brilloyent sur vne tour,
Et mille ennuys brillent dedans mon ame:

Il eut du bien, & le mal me poursuit,
Pro l'ayma, mon Europe me fuit,
L'eau feut sa biere, & ma tombe est la flame.

30

Cypris donna à la mort la sagette,
Dont elle va deschirant noftre sein,
Car nous mourons d'une langueur secrette
Quand fierement la branle de sa main.

Si toft qu' Amour rend noftre ame subiecte,
Bculeuersant les forces du deftin,
Soudain la mort ayant sa fleche traitte,
D'un coup mortel limite noftre fin.

La mort toufiours accompagne Erycine,
L'une eft au coeur, & l'autre en la poictrine,
Tu le sçais bien miserable Didon:

Mais en aymant ie veux mourir fidelle,
l'ayme l' Amour, i'ayme la mort cruelle,
Son arc me plaift, son traict, & son brandon.

31

Que ie te veux de mal fiere chienne,
Qui me defendz le lieu tant desiré,
Et d'une dent me rendz tout asseuré
Que l' Amour eft compagnon de la peine:

Quand d'une main aucunement hauteine,
Ie veux toucher noftre patin doré,
Cet Animal d'un abey coniuré,
Garde fidel' le rempart qui me geine:

Tu as quitté le sejour de la bas,
Pour me donner meschante le treffas,
Qui ne te plais qu'à me voir en misere:

Race du chien qui debarre l'Enfer,
Mais ie ne puis charmer ton cœur de fer,
Et l'on charma d'une souppe ton pere.

32

Helas Briſſard quelz ſonges m'eſpouuantent,
Quelles fureurs me font deſeſperer?
Et quelz Dæmons iour & nuiſt me tourmentent
De mille horreurs qui me font eſgarer?
  Les nuiſtz d'hyuer qui les mortelz contentent,
Dans mille erreurs font mon eſprit errer,
Son ſein, ſa bouche, & ſes attraiſtz m'enchantent,
Et ſon bel œil qui me faiſt ſouſpirer:
    Ainſy battu de tant d'horribles ſonges,
De tant d'erreurs , & de tant de menſonges,
Ie demeuray eſtonné longuement:
    Ores i'eſpere, ores ie deſeſpere,
Ie veux aymer, puis i'ayme le contraire,
Ie loüe Amour, puis ie le vois blaſmant.

33

Preſſé d'Amour, ton amour ie deteſte,
Maudis mon ſort, & mon malheur prochain,
Puis me plombant de mille coups le ſein,
Plein de fureur ſur mon liſt ie me iette:
  En mes douleurs furieux ie regrette
Ma liberté, & ie regrette en vain,
Ie hay tes yeux, & ta crueîle main,
Qui m'a ouuert ie cœur d'une ſagette:
    Tu es abſente, & ie voy toutefois
Ta belle roüe, & i'enten bien ta voix,
Car mon eſprit en tous lieux t'accompagne:
    Mais quel honneur Europe as tu receu,
Ayant ainſy Cyprus pour ta compaigne,
De deceuoir vng cœur deſia deceu?

34

Depuis deux mois qu'Amour en vostre absence,
D'vn traict de fer à limité mon bien,
La mort qui veut reduire vng rien en rien,
Lié piedz bras me tient en sa puissance.

Protesilas auecques sa vaillance,
Mourut premier deuant le mur Troyen,
Enflé de gloire, & pour n'estre plus mien,
Perdu d'amour ie meurs de patience:

Comme ie suis, il estoit amoureux,
Absent, & moy absent & malheureux,
ie vous adore, & luy Laodamie,

Mais il differe en cela d'auec moy,
Que par sa mort il feit mourir s'amye,
Et par ma mort vous viués sans esmoy.

35

Tu as iuré, & tu t'es pariuréc,
Et si tu as vne mesme beauté,
Ie ne croy pas qu'aucune Deité
Viue la haut dans la voute ætherée:

Si dans le ciel d'eternelle durée
Vng Dieu regnoit pompeux de magesté,
Ton cœur perfide, auec ta cruauté,
Sans chastiment ne seroit demeurée:

Ou s'il y à quelque diuinité,
Comme ie fais, elle ayme ta beauté,
Et te permet de m'estre desloyale:

Tu es perfide ayant rompu ta foy,
Et toutefois ie t'ayme comme moy,
Ainsy faut plaire à ma peine fatale.

36

Touſiours ie veille, & mes douleurs ſans ceſſe
Veillent auſſy, ou ſoit que le Soleil
Gallope au ciel en biais de uiteſſe,
Ou que recreu il ſe donne au ſommeil.

Quand quelquefois le doux ſomme me preſſe,
Et de ſon eau veut adoulcir mon dueil,
Amour qui ſort des yeux de ma Déeſſe,
Pour me tuer ſe campe dans mon œil.

Ne plus ne moins que le filz de Iappette,
Viuant ie meurs, frappé de ſa ſagette,
Defiguré, enerué de douleur:

Et l'autre iour une certaine Dame,
En me voyant comme ung corps ſans ſon ame,
Me demanda ou eſtoit ma couleur.

37

Soit le iour ſainct que voſtre reth doré
M'à rendu voſtre, & vous à rendu mienne,
Et ſoit du ciel le logis bien heuré,
Qui par vos yeux eſt cauſe de ma peine:

I'ardz dans ung feu qui m'à tout deuoré,
Qui dans mes os encore ſe pourmeine,
Mais il me plaiſt, car ie l'ay deſiré
Pour vous aymer ma Bergere inhumaine.

Ce feu me plaiſt, s'il vous plaiſoit auſſy:
Ie n'auroy point au cœur tant de ſoucy,
Si nous bruſlions d'une amour mutuelle:

Europe las par vos mielleux larçins,
Par vos beaux yeux, par leurs attraictz plus fins,
Ainſy que i'ayme aymés moy ma rebelle.

C ij

38

Defia la Lune à caché fa lumiere
Dedans les florʒ pour voir fon doux amy,
L'on ne uoit plus briller la pouſſiniere,
Et le trouppeau des cieux eſt endormy:

Defia la nuict d'vne courſe legere
Au tour du pole à tourné à demy,
Et du beau iour la belle meſſagere
Saulte du lict de fon viel ennemy:

Et cependant vne glace enflammée,
Pour bien aymer, tient mon ame charmée,
Bruſle mon cœur, & englace mes os:

Ie ſuis tout feul eſtendu ſur la couche,
Sans mouuement comme vne froide ſouche,
Baſtu d'amour qui m'oſte le repos.

39

Tu as heureux Hypomene donté
De pommes d'or la fille de Iaſie,
Tu as vaincu ſa cruelle beauté,
Et fon amour au peril de ta vye:

Las ſi apres qu'Amour m'à tourmenté,
Preſſé le col d'vn lien de ſurie,
Nauré, tué, de charmes enchanté,
Ma pomme auoit mon Europe rauye:

Plus qu'Hypomene heureux i'auroy de bien,
Et celle la qui ne me veut pour ſien,
Seroit en fin plus humble qu'Atalante:

Belle Venus ma Déeſſe, tu peus,
Tu l'as bien faict, adoulcir ſi tu veux
Le cœur felon qui mon ame tourmente.

40.

En vng inftant paupiere ma mignonne
Vous me monftrés la caufe de mon bien,
Puis groffiffant le cœur de ma felonne,
De tout ce bien las ie ne voy plus rien:

Comme au cheual Peloponefien,
Par le deftin qui toute chofe ordonne,
Eftoit enclos le malheur du Troyen,
Auec la fin de fa riche couronne:

Ainfy paupiere auec voftre rondeur,
Vous enfermés ma mort, & mon malheur,
Et le fubiect qui me faict tant efcrire,

Et non contant, pour me tuer encor',
Vous vous plaifés d'auoir des fleches d'or,
Et à ma mort conioindre le martyre.

41

Si ie fouspire au fort de mon efmoy,
Preffé d'amour qui viuement me bleffe,
Si ie me plains, fi ie dis ma deftreffe,
Ce n'eft pas moy qui parle ainfy de moy.

Et fi ie blafme vne volage foy,
Vng cœur mutain tout bouffy de rudeffe,
Et fi i'appelle ingrate ma Maiftreffe,
Telz maudiffons d'vn autre ie reçoy:

Car fans fureur ie ne pourrois pas dire,
Amour le fçaict, de l'œil qui me martyre
Tant de rigueurs veu que i'en fuis efpris:

Ie fuis heureux au milieu de la peine,
Ce n'eft pas moy Europe, mais Cypris
Qui par mes vers vous appelle inhumaine.

42

Tu peus Europe , ainſy que feit Alcide,
Embler mon cœur des griffes du Vautour,
Tu peus laſcher à mes peines la bride,
Et ralenter l'ardeur de mon amour:

Tu peus rauir mon ame acherontide
Hors de la nuiſt, & luy donner le iour,
Tu peus reigler cette erreur qui me guide,
Voire tu peus me faire vng meilleur tour:

Tu peus ainſy que l'on feit a Phinée,
En vng bon heur muer ma deſtinée,
Et d'vn doux metʒ chaſſer ma longue faim:

Et pour mon cœur , de la trouppe incogneuë,
Et du Vautour tu peux ſouler le ſein,
D'vn vent trompeur, ou pluſtoſt d'vne nuë.

43

Oeil le plus beau que la mere Nature
Forma iamais, œil la ſeule beauté
De celle là qui à l'ame ſi dure,
Et n'à pour tout au cœur que cruauté:

Oeil mon mignon, mon ſoing, toute ma cure,
Prince d'Amour qui m'as tant tourmenté,
Tu prens des cieux ta cœleſte faſture,
Car tu ne ſens rien de l'humanité:

Quand quelquefoiʒ petit œil ie te baiſe,
Ie ſens dans l'ame vne cuiſante braiſe,
Qui me retient eſperdument eſpris.

Et toutefois il me plaiſt bien de ſuiure,
Petit Archer de la belle Cypris,
Ce doux braſier lequel me faiſt reuiure.

44

La tués moy, ou belle baisés moy,
Car me baiser c'est me donner la vye,
Et transportée & de rage & d'enuye,
Ne me baiser, c'est me tuer d'esmoy:
     Baises moy donq, ou bien veufue d'effroy,
Et de pitié, tempestant de furie,
Desrobés moy & mon ame, & ma foy,
Et mon amour que vous m'aués rauye:
     Car il vous faut mon tourment appaiser,
Et par ainsy me tuer où baiser,
Car l'vn où l'autre helas m'est necessaire:
     Mais baisés moy, & ne me tués pas,
En me baisant vous aurés la victoire
D'auoir sauué vostre amant du trespas.

45

Tu me desplais, croy moy, ie le confesse,
Tu me desplais Europe mon soucy,
Tu me desplais, d'autant qu'vne Maistresse,
Comme tu es, fiere desplaist aussy:
     Mais ô destin aucteur de ma destresse,
Il faut aymer, & demander mercy
A celle la qui me desplaist ainsy,
Et suis contrainct de suiure sa rudesse,
     Ainsy l'Amour me tire & me retire,
Le desespoir, puis l'espoir ie respire,
Et incertain ie nage entre deux eaux:
     Par ta rigueur, qui te rend si cruelle,
Tu me banis, & puis tu me r'appelle
Par la douceur de tes benins flambeaux.

46

Viuons Europe, & sans craindre le bruict
De ces vieillardz esbatons nostre vye,
Suiuons Europe Amour qui nous conduit,
Et tient nostre ame en ses lacz asseruie.

Le iour faict place aux ombres de la nuict,
Puis brille au ciel d'vne clairté suiuye,
Mais tout soudain que nostre iour s'enfuit,
Vne nuict vient qui n'est iamais rauye.

Mille baisers Mignonne donne moy,
Puis cent, puis mille, & pour tuer l'esmoy
Qui me poursuit, donne m'en cent encore,

Encore mille, & puis cent tout soudain,
Et tu pourras arracher de mon sein
Ce traict ardent qui le cœur me deuore.

47

Vng iour d'Esté que la chaleur cuisante
Du Chien cœleste exerce ses chaleurs,
Margot estoit pres de l'onde ondoyante,
Qui mignotoit vng beau bouquet de fleurs:

I'estois pres d'elle, & d'vne voix dolente
Pauure Berger i'entonnois mes douleurs,
Mes pleurs tesmoings du mal qui me tourmente,
Tomboyent dans l'eau qui receuoit mes pleurs.

Amour quittant le seiour d'Amathonte,
Vint, & puis vit la belle qui me donte,
Il eut frayeur, ses traictz tombent à bas.

Margot les prend, & s'en arme l'eschine,
Court vers Amour, mais le filz de Cyprine
N'attend la Nymphe, ains s'enfuit à grandz pas.

48

La mer rugit de flotz & l'air est agité
Des vens qui vont sortant des cauernes d'Aeole,
Le mont Sicilien forcenant despité
Vomit vng feu cruel qui dans le ciel s'enuole:
    Hé tous ces trois maux sont dans mon corps enchanté,
Mes cris versent les pleurs qui noyent ma parole,
Mes souspirs mille vens dont ie suis rebuté,
Et mon cœur le brasier qui me ronge, & m'affolle:
    Si bien que combatu de mille & mille maux,
Mille & mille malheurs mille & mille trauaux,
La vie me rend mort, la mort me rend en vie,
    Mais puis que ie vous ayme Europe vnicquement,
Et que pour viure a vous ie meurs iniuslement,
La mort m'est mille fois plus douce que la vie.

49

Si le ciel est Cupidon ta patrie,
Et si ta mere apres t'auoir porté,
Neuf mois aux flancz t'a la hault enfanté,
Mangeant diuin de la sainéte Ambrosie,
    Et si tu bois du Nectar qui deslie,
Lhomme, & le guinde a l'immortalité:
Pourquoy es tu dans mon cœur arresté,
Bruslant mon ame, & consumant ma vye?
    Tu assouuis ta soif de mes douleurs,
Et tu esteins tes flames de mes pleurs,
Tu te repais cruel de ma moüelle:
    Pourquoy aueugle ainsi me troubles tu?
Ie ne suis plus q'une ombre sans vertu,
Mon corps pourrit dans la tombe cruelle.

D

50

L'alme Venus deſſoubz vne ramée
Dormoit laſciue, Amour dans ſon giron,
Les Ieux, les Ris voloyent a l'enuiron,
Et de ſes fleurs la terre eſtoit ſemée:

Amour s'enuole, & d'une ame enſlamée
De feux, de traictz d'amour, de paſſion,
Iamais oyſif, touſiours en action,
Se veint nicher aux yeux de mon aymée,

Venus ſéſueille, & puis vne ſueur
Se gliſſe aus os aus veines, & au cœur,
Cherchant ſon filz de peur toute eſgarée,

Et le cherchant on luy cria tout haut,
De Cupidon Cyprine ne te chaut.
Europe l'a, croy c'eſt choſe aſſurée.

51

Combien de fois helas ayie enduré,
Et vif, & mort au gré de ma felonne?
Combien de fois las ayie ſouſpiré,
De ſur ton bord reſlottante Garonne?

Fleuue, tu ſcais mon mal demeſuré,
Tu ſcais cela que le deſtin m'ordonne,
Deſtin qui rend mon bien deſeſperè,
Plus mon amour au cœur me paſſionne:

Fort ieune encor d'une fort ieune vois,
D'Amour, du ſort a toy Ie me plaignois,
De mes regretz arreſtant ta carriere:

Et maintenant que le temps, & l'amour
Croiſſent mes ans, & mon feu nuict & iour,
Ie me vais plaindre au riuage de Loire,

52

Bien qu'on te porte Europe de l'enuie,
Et q'uon enuie a ma fœlicité,
Croy cette enuie est cause de ma vye,
De ma vye ains de ton eternité.

Ces enuieux selon leur fantasie,
Blasment mon liure, ou brille ta beauté,
Et ignorantz vont disant quil desuie,
Si tost quil voit le monde & sa clarté.

Mais si lon tient pour chose tres fidelle,
Que nostre ame est en son estre immortelle,
Ce qui vient d'elle est immortel aussy:

Doncques mes vers si tost qu'ilz sont au monde,
Ny ta beauté, n'ayes point de soucy,
Ne verront pas ny l'Oubly, ny son onde.

STANCES.

I'Estime bien heureux celuy qui pour reuiure,
Constant en ses amours se presente a la mort,
Car mourir en aymant, c'est esperant poursuiure
Par la mort, ce qui est refusé par le sort.

L'on admire d'Amour l'admirable puissance,
Quand par le malheur mesme il rend l'homme asseuré,
Iouir d'un bien perdu donne assés de science
Qu'il fault mesme esperer un bien desesperé.

Amour deux traictz diuers dans son carquois recele,
vn d'or, lautre de plomb, pour nous monstrer comment
Il fault prémierement estre amoureux fidele,
Puis tardif esperer constamment en aymant.

Dij

Amour est vn Enfant dont la force est petite,
Mais qui croist par le temps qui le rend plus parfaict:
Ne faut doncq' qu'vn amant si-tost se præcipite,
Attendre auec le temps c'est esperer l'effet.

Amour est en amour inconstant, & volage,
Indontable sil n'est en esperant domté:
Psiché comme lon dit le rendit en seruage,
Pour monstrer qu' Amour est par le temps surmonté.

Puis doncq' qu'il est certain que celuy qui espere,
Par ce seul espoir la donte vne deité,
l'espere, en esperant, surmonter vne fiere,
Amolir son courage & vaincre sa beauté.

53

Il me suffit que mon amour te plaise
Mon cher Rebours, & mon Europe aussy,
Il me suffit que tu brusle en ma braise,
De mon soucy endurant du soucy.
  Il me suffit que tu ayes de l'aise
De ma fortune, & vn regret transi
De mon regret, peu soigneux quil desplaise,
A ce lourdault qui de moy parle ainsi :
  Quand tu m'as faict vn present de ton liure,
Ie t'ay predit qu'il ne doit long-temps viure,
Ains qu'auorton il meurroit en naissant:
  Mais il se trompe, aussy vouloit il dire,
Voyant sonner si doucement ma lire,
Qu'heureux i'allois vray Cygne perissant.

54

Iay bien subiect de plaindre ma fortune,
Et les desseins qui me vont enchantant,
Le sort m'attacque, & le ciel m'importune,
La mort me suit, & me va combatant.

Que n'ayie Amour la muse non commune,
Dont ce Berger amoureux va chantant
Les vers dorés qui rendent opportune
Sa Marion qui le va tourmentant?

Que n'ayie encor' la Musette diuine
Dont mon Brisset se plaind de sa Francine,
Francine fiere à sa ferme amitié.

Que n'ayie helas la douceur qui me charme
De ce Ianot, aussy bien que la flame,
Pour esmouuoir mon Europe à pitié?

STANCES.

D'Aymer, & n'estre aymé c'est chose miserable,
Tousiours entre l'espoir l'on est desesperé,
Et iamais l'on n'aborde a ce port fauorable,
Et toutesfois l'amour gist au bien desiré.

Malheureux millefois qui sur vne inconstance
Bastit le fondement de sa fresle amitié:
L'Amour est filz du temps, & de la patience,
L'Amant filz de l'Amour, l'Amante de pitié:

Qui veut doncq' viure heureux, qu'en aymant il espere,
Qu'en esperant il souffre, en souffrant admiré:
L'espoir & le tourment surmontent vne fiere,
Ce qui est violent n'est long temps asseuré;

Les foufpris eternelz, & les prieres fainctes,
Dontent vng Iupitter pitoyable a nos cris:
Lamant doibt donq prier & faire mille plaintes
A celle la qui tient de ces diuins efpris,

Pour aymer bien contant il fault iouir de celle
Qui nous tient dans fes lacqz doucement garroté,
Et pour iouir il fault fe prendre a fa pareille,
La mort eft le guerdon de la temerité,

Ixion pour voller d'une aifle trop hautaine,
Surmonté d'un defir trop ardent & trop chaut,
Iouyt d'un air faict corps, puis pour gain de fa peine,
Tomba cent fois plus bas qu'il n'auoict grimpé haut.

Las ie fuis comme luy malheureux en ma vie,
Superbe comme luy, amoureux comme luy,
Mais il ayma la femme, & moy i'ayme l'amie,
Iupitter le punit, & ie languis d'ennuy.

Las comment me fuis-tu Europe ma mignonne,
Pour fuiure vng Iuppiter qui ayme en autre lieu,
Ne crains tu point des cieux cette fiere Lionne,
Ialoufe, & a bon droict, des amours de ce Dieu?

Fuy fuy moy fa vengence, & l'amoureufe rage
De cet amant cretois qui fe change en Taureau;
Ayme tu cette forme, & ce cruel vifage?
Vng homme pour aymer doit toufiours eftre beau.

Ton amy eft Taureau, garde-toy d'eftre Vache,
Si tu l'eftois helas ie mourois de douleur,

Cent yeux te garderoient, & ce qui plus me fache
Mercure ne viendroit t'arracher du malheur.

Il seroit plus seant qu'vne femme mortelle
S'adonnast au mortel, qu'a vne deité:
La perfection gist en l'amour mutuelle,
Et cette amitié-la gist en l'egalité.

Europe quitte doncq' ce rauisseur de Dames,
Abandonne sa Crette, & trauerse la mer,
Non pas desur son dos, mais bien à coups de rames,
Oublie son amour, & viens icy m'aymer.

Fin du premier liure des
Amours d'Europe.

PRELVM

LE SECOND LIVRE DES
AMOVRS D'EVROPE.

I

CERTES ie ne me deulx de vous aymer Madame,
D'autant que c'est aymer vne diuinité,
Mais certes ie me deulx que l'on iuge en mon ame
Moins de discretion que de seruerité:
Certes ie ne me deulx dequoy vostre œil m'enflame,
Dequoy en me perdant ie perdʒ ma liberté,
Mais certes ie me deulx qu'on voit en vostre flame
Millefois moins de foy que d'infidelité.
Ie ne me deulx aussy las de vous recognoistre
Pour ma belle Maistresse, & Amour pour mon Maistre,
Mais ma peine infinie infiniment me deult:
N'est ce pas auoir plus d'erreur que de sagesse,
D'estre tant amoureux d'vne fiere Maistresse,
Et qui à des parens qu'adoulcir l'on ne peult?

2

Au moins si dans le cœur vous aués de la hayne,
Ayés desur le front vne feinte amitié,
Contentés mon amour d'vne esperance vaine,

Portant l'horreur en l'ame, & aux yeux la pitié:

  Couurés de l'incertain vne rigueur certaine,
Feignés d'auoir lié ce qui n'est pas lié:
Soyés douce au parler, à l'effect inhumaine,
Et cachez vostre amour, & vostre inimitié.

  Dittes que vous bruslés d'vne flame pareille,
Et soyés & felonne, & cruelle à merueille,
C'est assés de le dire Europe sans l'effect.

  Car comme par l'esprit mon amour est guidée,
Tout de mesme ma foy se guide par l'idée,
Croyant ce que l'on dict, non pas ce que l'on faict.

3

  N'est ce pas estre fiere, inhumaine, & cruelle,
Pardonner au rebelle, & donter le subiect?
Pour estre bien heureux faut que ie sois rebelle,
Que la rebellion me serue pour obiect:

  Ie languis, & ie meurs d'vne mort immortelle,
Dessur la fermeté bastissant mon proiect,
Ie souffre seulement pour estre trop fidelle,
Et ie suis malheureux, pour estre trop parfaict:

  La perfection est vne fin desirable,
Au soudart, au marchand, au pilote agreable,
A moy qui meurs pour elle en hayne extremement:

  L'Argonaute Iason iouyt par l'inconstance,
La desloyauté à tousiours la iouïssance,
Et ie n'ay que du mal aymant loyalement.

4

  De moymesme ie suis absent par vostre absence,
Palle, desiguré, veuf de toute action,
Et si Amour exerce en moy sa passion,

Sur les rocz il exerce aussy bien sa puissance:
   C'est estre absent de soy d'estre sans son essence,
Vne masse sans forme, & sans perfection,
Le corps, & l'ame font la composition,
La composition faict la seule presence:
   Si tu és doncq' absente, & loingtaine de moy,
Ie suis absent de moy, & non pas de l'esmoy,
Car tu és mon esprit, ou l'esprit de mon ame:
   Ie ne suis plus qu'vn corps sans aucun mouuement,
C'est esprit qui agit perpetuellement
Dans moy, s'enfuit de moy pour vous suiure Madame.

5

   Daimon qui me conduis en cette humaine vye,
Qui me fais à ton gré où hayr ou aymer,
Va trouuer le Daimon de celle qui me lie,
Et charme ce finet qui bien me sçeut charmer:
   Puis que tu és des cieux la plus douce harmonie,
Et que tu fais leurs corps mouuoir, & animer,
Esmouués à pitié la rigueur de m'amye,
Animés la d'vn feu qui la puisse enflamer.
   Daimon si tu le fais tu seras à ton ayse,
Où tandis que ie brusle au millieu de la braise,
Et de nuict & de iour tu trauailles par moy:
   Par ton estre diuin, diuine intelligence,
Prend pitié de ta peine, & soing de mon esmoy,
Ton estre est immortel, mortelle mien essence.

6

   Le lieu où l'on aspire est la beatitude,
Beatitude mise en vne liberté,
Et mon bien souuerain est d'estre en seruitude,

Prisonnier & captif d'vne ieune beauté.

  Aux ondes & aux cieux dont l'essence est volage,
Qui limitent leurs cours de leur eternité,
Qui courrent sans contraincte, & ne sont en seruage,
La liberté conuient, non la captiuité:

  La seule seruitude auecques la constance
Appartient aux viuans dont la diuine essence
Leur inspire vng amour qui n'appartient qu'à eux:

  Estre serf & constant c'est vne mesme chose,
Estre serf & constant c'est bien estre amoureux,
Veu qu'vng homme en aymant à seruir se propose.

7

  Las ne verrayie point mon malheur guerdonné,
Serayie incessamment l'obiect de la misere?
Le ciel qui est de tout le principe & le pere,
Et qui ordonne tout, l'auroit il ordonné?

  Serayie pour aymer tousiours abandonné
De mon sang, de mon cœur, citoyen d'vne biere?
Tousiours adresserayie aux ondes ma priere,
Bruslerayie tousiours d'vn feu desordonné?

  L'on dict, ie le sçay bien que l'immortalité
N'appartient seulemeut qu'à la diuinité,
Diuinité cœleste à iamais perdurable:

  Et toutefois Brissard mon mal est eternel,
Eternité qui rend vng homme miserable,
Si Amour comme luy ne le faict perennel.

8

  Permés que ie me meure, où bien que ie iouysse,
Car viure, & ne iouyr, Madame ie ne puis,
Si ie meurs c'est à toy d'autant qu'à toy ie suis,

ti ie vis ce sera pour te faire seruice:

Hé quoy Madame hequoy veux tu que ie perisse
Amoureux & constant, hé comme tu me fuis
Mais pourquoy me fuys tu, car ie ne te poursuis,
Ie poursuis seulement la mort & le supplice:

Car viure , & ne iouyr, c'est en viuant mourir,
Vng amant est bien mort qui ne se peult guerir,
Viuant comme vne idole au feu d'vne esperance,

Seurrat la iouyssance est l'ame de l'amour,
Dõq qui en bien aymant n'à de la iouyssance,
Est au nombre des mortz bien qu'il voye le iour:

9.

Ainsy que ta beauté en ce monde est premiere,
En ce monde premiere est ma fidelité,
Le pourtraict doibt tousiours suiure son exemplaire,
Et l'effect le subiect de sa natiuité:

Sitost que i'auisay les rays de ta lumiere,
I'enfentay mon amour en l'immobilité,
Et ferme te rendis mon ame prisonniere,
Ayant autant de foy que tu as de beauté:

Meduse, comme on dict, aux rayons de sa face
Empierroit les humains enchantés de sa grace,
Pour nous monstrer qu' Amour nous empierre le cœur:

Nous empierrer le cœur c'est le rendre immobile,
Ferme en sa passion , constant en sa douleur,
Et dur comme vng rocher en l' Amour d'vne fille.

10

Ma Royne Dieu te gard, Dieu te gard ma princesse,
Dieu te gard ma lumiere, & le iour de mes iours,
Ta presence agreable augmente mes amours,

Mon esperance croist, & mon desespoir cesse:

Si i'ay souffert du mal, languy soubz la destresse,
Employe de ma vye & le temps & le cours,
Et si i'ay pour te voir faict cinq cens mille tours,
Ie veux continuer, & mourir ma Déesse:

Maugré toute l'enuye, & le fatal destin
Ie seray aussy ferme & loyal à la fin,
Comme le premier iour que ie te vy si belle:

Tu e's belle & diuine, & la diuinité
N'à aucun but certain par le ciel limité,
Par ainsy mon amour sera perpetuelle:

STANCES.

Tout amoureux milite, & le petit Amour.
A son ost qui le suit & de nuict & de iour,
L'aage est propre a l'amour qui est propre à la guer (re:
Le vieillard ne se peut au combat animer,
Le vieillard qui n'à plus au cœur que de la terre,
Demande le tombeau, & ne peut plus aymer.

La fille à son amant demande de sa part
Les ans qu'vn Roy demande à vng braue soudart,
Le mal, & le trauail qu'à la guerre il endure,
Elle demande aussy qu'il vueille sans repos.
Qu'il soit tousiours loyal, qu'il dorme sur la dure,
Qu'il aye Amour au cœur, sa flame dans les os.

Le soudart court par tout, & si l'amant aussy
Sçaict qu'on veille rauir l'obiect de son soucy,
Furieux de despit il courra tout le monde:
il ne craindra le froid, ny le chaud du midy,

Ny les foudres du ciel, ny la terreur de l'onde,
Car vng homme amoureux est tousiours trop hardy.

    L'vn aux armes rusé guette son ennemy,
L'autre qu'Amour espoind ne se monstre endormy,
Espiant de cent yeux son riual qui le braue:
L'vn assiege vne ville, & l'autre vne beauté:
L'vn est serf du destin, l'autre est d'Amour esclaue,
L'vn r'emporte la mort, l'autre la cruauté.

    Le gendarme de nuict d'vne guerriere main
Execute vaillant son iournalier dessein,
Cese qui fut tué en sçait fort bien que dire:
Et l'amant pour guerir la douleur qui le suit,
Attend tousiours la nuict, nuict que l'amant desire,
Car rien n'est plus commode aux amans que la nuict.

    Passer le guet de nuict sans craindre aucunement,
Precipiter sa vye au millieu du tourment,
C'est le faict des amans ainsy que des gendarmes:
Mars est tousiours douteux en sa temerité:
Venus n'à rien pour tout d'asseuré que les larmes:
    Et souuent le vaincu reuient en liberté.

    Quiconque appelle Amour Enfant d'oysiuetté,
parle sans l'auoir oncq experimenté,
Et veuf de son trauail le iuge par Idée,
Amour est plein de soin, & plein de passion,
Et puis quand vne fois sa sagette est dardée
Dans le cœur de quelqu'vn, ce n'est rien qu'action.

    Deuant que ce Mignon par le doux de son traict,

M'euſt rauy de moymeſme, & finement ſouſtraict,
Couard & tout niais ie viuois en pareſſe,
Mais quand il m'euſt charmé par ſon enchantement,
Gaillard & plein d'eſprit i'eſleus vne Maiſtreſſe:
Qui hayt l'oyſiueté qu'il viue en bien aymant

II

Bocage plein d'horreur, Sainct Phalier qui as tant,
Et tant de fois ouy les regretz de ma Muſe,
Petit bois qui cognois que ie n'ay point de ruſe
Contre ce fin ruſé qui me va combatant:
    Solitaire Maiſon, ſolitaire d'autant
Que le peuple du ciel ſeulement s'y amuſe,
Si i'auois l'Apollon du docte Deleſcluze,
Piroys de bouche en bouche aux peuples te chantant.
    I'ay la langue trop foible, & la voix trop petite
Pour immortalizer aux ſiecles ton merite,
Et combien par tes bons Cupidon m'à ſuiuy:
    Mais le temps qui à tous donne ſon accroiſſance,
Fera vng peu plus haut grimper mon eloquence,
Et lors ie te loü'ray, peut eſtre ſi ie vy.

12

Madame me voyant vng Dimanche à l'Egliſe
Rauy dedans le ciel de ſa diuinité,
D'vn vermeillon de feu embeliſt ſa beauté,
Pour ſeduire mon ame ainſy que ma franchiſe:
    Dieu ſçaict dequel amour mon amour feut eſpriſe,
Combien creut mon debuoir & ma fidelité,
Dieu ſçaict dequel plaiſir mon ame ſut ſurpriſe
Deſcouurant en ſon front ſa ferme loyauté.

D'autant qu'elle ne peut sa destresse me dire,
Par signe elle me faict entendre son martyre,
L'Idée de sa peine, & la conception.

L'Egipte vsoit iadis de lettre hyeroglifique:
En l'amour elle semble à ce païs antique,
Il monstroit ses segretz, elle sa passion.

13

Ma Nymfe & le soleil sont de mesme puissance,
Il contemple par tout, ell' voit par tout aussy,
Il eschauffe, & pourtant n'est chaud en son essence,
Elle veufue de feux m'enflame tout ainsy:

Tousiours autour du centre il conduit sa cadance,
Bien appris à la course, & au mal endurcy:
Et son œil de flambeaux, & d'amours esclaircy,
Faict autour de mon ame incessamment sa dance:

Il faict mourir la vye, & puis viure la mort,
Elle me donne au sort, puis me desrobe au sort,
Il est du tout diuin, elle du tout diuine:

Mais d'vn point seulement ilz different tous deux,
Elle à l'amour aux yeux, & non en la poictrine,
Et luy en la poictrine apres quil'eust aux yeux.

14

Aymer, & ne sçauoir si ma Maistresse m'ayme,
C'est le mal le plus grand que ie puisse endurer:
Ie prendrois du plaisir à ma douleur extreme:
Si ie voyois Madame vne fois souspirer:

N'est-ce pas estre fol d'aymer plus que moy-mesme
Vng subiect si hautain que ie n'oze esperer?
N'est-ce pas me conduire à vne erreur supresme
De courir à la mort, & vouloir respirer?

F

Quand i'estois sans amour docte ie faisois sage
Cil qui auoit au cœur vne amoureuse rage,
Et ie ne puis moy mesme ores me secourir:
  Ma langue auoit des motz, mes yeux de la lumiere,
Mon ame de la vye, & maintenant ma fiere
M'oste les yeux, la langue, & puis me faict mourir.

15

Orleans de mon bien bienheureux Hesperide,
Où ma fidelité conserue mon amour,
Permés que pour vng temps ie quitte ton seiour,
Ayant le front bossé d'vne seuere ride:
  Laisse moy sur le dos cette amoureuse bride,
Qui reigle ma planette en l'erreur de son tour,
Et si absent de toy ie suis absent du iour,
Sois en l'obscurité, & en l'amour ma guide.
  Ne permés à aucun d'entrer en ton verger,
Non pas mesme à Colin ce fidele Berger,
Dont l'Amour & le nom par les forests resonne:
  Et si tu n'as pouuoir de garder ma beauté
Contre quelque rusé qui fin se passionne,
Si tu n'as des Dragons, pren moy sa loyauté.

STANCES.

Viepe prendz de moy ces belles violettes,
Filles du gentil Mars, & ce lis blanchissant:
Auiourdhuy i'ay cuilly ces mignardes fleurettes,
Harsoir à la clairté ce beau lis palissant.
  Ce lis, qui se fanit, & qui desia se baisse,
Pour te monstrer à l'œil l'inconstance du temps,
Et qu'il faut cependant, qu'Amour & la ieunesse
Combatent dans nos cœurs, prendre du passetemps,

Le temps fuit , & iamais ne rebrousse carriere,
Le siecle ia passe ne retourne iamäis,
Saturne tranche tout de sa faux iournaliere,
Seulement luy resiste & l'Amour & la paix.

Ces fleurs pour t'enseigner qu'il faut maugré l'enuie,
La Parque & le destin, mourir soubz mesme amour:
Et mourant recueillir le printemps de la vie,
Dans vng lict toute nuict, dans vng bois tout le iour.

Tout est leger au monde inconstant, & muable,
Des amans seulement ferme est la passion:
Le ciel tourne tousiours, le sort est variable,
Et chauue & cheueluë on dict l'occasion.

Si doncq tout est leger en ce terrestre monde,
Et que rien fors qu'Amour ne s'y trouue asseuré,
Maistresse iouysson de ta ieunesse blonde,
Du lis de ta poictrine, & de son poil doré.

Que si à pas tardifz arriue la vieillesse,
Qui oste le moyen d'accoiser les douleurs,
Grisons nous cueilleron la ronce & la destresse,
Tes cendres le tombeau, le Temps tes belles fleurs.

ODELLETES.

I

V N G iour Amour dedans les bois
Bandoit son petit arc Turquois
Pour donter vne ame rebelle,
Mais vaincu se rendit soudain
Qu'il apperceut la belle main,
La belle main de ma cruelle.

Il sceut sa force & son pouuoir,

F ij

Qui faict les rochers esmouuoir,
Bien qu'impaßible soit leur estre,
Et ayant au cœur l'aiguillon,
Voloit plus viste qu'Aguilon,
Aueugle, & sans se recognoistre:

Mais comme il fuyoit sans repos,
La trousse qu'il portoit au dos,
Pleine de traictz luy tombe à terre,
Madame les meit dans ses yeux,
Puis feit aux hommes & aux Dieux
Sans cesse vne immortelle guerre.

Amour honteux de tout cecy,
Larmoyant, & plein de soucy,
Vaincu erroit veuf de ses armes,
Quand sa Mere luy dict Amour,
Tu les retireras vng iour:
,,Tousiours fieres ne sont les Dames.

2

Le grand Dieu du ciel vng iour
Reprenoit son filz Amour
D'auoir l'ame trop lasciue,
Mais Amour d'vne ardeur viue,
Bouffy d'vn iuste courroux,
Luy dict ô pere de tous,
Qui est celuy de la troppe
Des mortelz qui tient Europe?

3

Madame me dict tousiours
Au millieu de ses amours,

Quand mon amour l'esguillonne,
Qu'elle veut tant seulemens
ouer auec son amant,
Et qu'elle n'ayme personne,
Non pas mesme Iupitter,
Dieu qui la veut emporter:
  Mais ce que dict vne amante
A l'amant qui la tourmente,
Esprise d'vn doux flambeau,
Le faut escrire dans l'eau.

4
A VENVS.

O venus Royne de Gnide,
Paphienne, & Idalide,
Laisse, & ie seray contant,
Cypre que tu aymes tant:
  Et viens auecque ta troppe
Dedans la maison d'Europe,
D'Europe qui par maintz vœux,
Apelle ton nom heureux.
  Et premierement ameine
Ton filz mutin qui me geine,
Et les graces qui n'auront
Leurs Cestes qu'ilz deliront.
  Puis ameine nous encore
Les Nymphes que Paphe adore,
Et la ieunesse qui est
Sans toy triste, & qui ne plaist.

à Europe à son retour de Paris.

BON iour Europe ma rebelle,
Bon iour ma blanche Tourterelle,
Mon passereau, mon petit cœur:
Bon iour Europe ma merueille,
Bon iour mon miel, & mon abeille,
Ma mignardise, & ma douceur.

Bon iour ma fidelle Eurydice,
Mon doux passetemps, ma malice,
Mon plaisir, & mon entretien,
Bon iour belle bouche aurorine,
Bon iour beaux yeux, belle poitrine,
Bon iour principes de mon bien.

Quay pourroisie bien vng iour viure
Ma mignonnette sans te suiure,
Faisant plus d'estime d'vn Roy,
D'vn or qui faict le franc esclaue,
D'vn or qui nous rend le cœur braue,
Et d'vn Arabe, que de toy?

Plustost, par vng nouueau supplice,
Comme vng desloyal ie perisse,
Et plustost perissent encor,
Tous les tresors de l'Arabie,
Toute l'areine de Lybie,
Tous les Royaumes, & tout l'or.

6

Ma douce Europe tes beaux yeux,
Ton col blanc, ton front gracieux,

La ioüe à L'Aurore semblable,
M'ont tellement depuis le iour
Que ie te vy perdu d'Amour,
Bruslé mon ame miserable.

 Que si mes larmes, & mes pleurs
N'arrosoient tousiours les ardeurs,
Les ardeurs viues de mon ame,
Maugré toute l'eau de la mer,
Pour trop brusler, & trop t'aymer
Malheureux i'yrois tout en flame.

 Mes pleurs eternelles aussy,
Mes larmes, filles du soucy,
Le flux, & reflux de mes peines,
M'ont tellement depuis le iour
Que ie te vy perdu d'amour
Arrosay mes os & mes veines:

 Que si Europe tes beaux yeux,
Ton col blonc, ton front gracieux,
La ioüe à nulle autre seconde,
Ne me bruslent incessamment,
Mes pleurs, mes larmes, mon tourment,
Chetif m'enuoyront tout en onde.

16

 Helas maistresse, helas que tu és belle,
Que tes cheueux sont crespés & dorés,
Que tes beaux yeux ont d'astres ætherés,
Que de douceurs ton beau sein qui pommelle:

 L'or de ton poil m'estreint, & me bourrelle,
Serf & captif en cent nœus aʒurés,
Ton bel œil m'ard de feux demesurés,
Et ton beau sein doucement me martelle:

Ie suis captif, ie brusle incessamment,
Amour me tuë au milieu du tourment,
Et toutefois comme amoureux i'espere:

Ton poil me tient c'est pour me secourir,
Ton œil me brusle afin de me guerir,
Ton sein me peingt pour chasser ma misere.

17

Bien que tu sois ma belle loin de moy,
Amour pourtant te faict estre presente,
L'esprit qui tient les Idées en soy,
Nous rend presente vne figure absente.

Morphé prenant pitié de mon esmoy,
Et du soucy cruel qui me tourmente,
M'à faict iouyr comme Ixion de toy,
D'vn faux subiect, dont le faux me contente.

Mon Dieu mon Dieu que ie feux satisfaict,
Quand ie baisay ce bel œil tant parfaict,
Perfection à luy seul conuenable:

Mon Dieu mon Dieu que ie feus malheureux,
Quand mon resueil contre moy rigoureux,
Ne me donna dans la main qu'vne fable.

18

Sans mon Europe, & sans mon Delescluze
Ie ne vis pas, mais ie meurs en langueur,
L'vne à mon ame, & l'autre tient mon cœur,
L'vne par l'œil, & l'autre par la Muse:

Paris ne voit qu'vne masse confuse,
Qu'vn mouuement dedans moy sans vigueur,
Escorce seiche, où l'amoureuse ardeur
Depuis sept ans incessamment s'amuse.

Paris me voit d'imagination,
Et par Idée ung corps sans action,
Où Orleans retient l'ame & la vye.
   Là est mon cœur où est mon amitié,
Là est mon ame où ie me suis lié,
Et autre part ie suis par fantasie.

19

   Plorés mes yeux en vostre obscurité,
Plores absentz de l'œil qui vous esclaire,
Plongez voz maux dedans l'humidité
De cette nuict a faute de lumiere:
   Et vous mon cœur captif soubz la beauté,
Et vous mon ame à iamais prisonniere,
Plaignés l'absence, & l'inhumanité
D'vne qui m'est si doucement amere.
   Vous mon amour, ma constance & ma foy,
Muse, Apollon lamentés mon esmoy,
Et le destin de ma dure fortune:
   Quand ie suis pres ie voudrois estre loin,
Quand ie suis loing ie suis l'obiect du soin,
Ainsin Amour sans cesse m'importune.

20

   Bien que tu sois la merueille du monde,
Le lict des Roys, de france de soleil,
Braue Paris, & que l'on iuge à l'œil
Que tu és ville à nulle autre seconde:
   Bien qu'en tous biens superbe tu abonde,
Autre Pandore, & que dès le resueil
Du blond Phœbus, iusques à son sommeil
Tu és tout seul où la grandeur redonde.

C

Tu ne m'es rien au prix de la cité,
Qui tient l'obiect de ma fœlicité,
Vray paradis où mon ame demeure.

Tu és le lict de noz Princes Paris,
Et Orleans est le sainct paradis
De ma Déesse, où il faut que ie meure.

21

Veudras tu donc Madame incessamment
Loing des plaisirs de la belle Cyprine,
Passer ten aage ainsy si vainement,
Portant du marbre au fond de ta poictrine?

Le feu d'amour, son doucereux tourment
N'a-til pouuoir sur ta beauté diuine?
Fuy-tu le bien de voir mignonnement
Saulter tes filz d'vne iambe enfantine?

Es-tu ainsy qu' Anaxarete fut,
Qu' Amour iamais de son traict ne ferut?
Fuy-tu le nom agreable de Mere?

Fuy-tu cet heur que te donne le sort?
Ne veux-tu pas enclose dans la biere,
Par tes Enfans reuiure apres ta mort?

22

Quand par autruy ie te baise la main,
(Car ie ne puis te la baiser moy-mesme,)
Quoy, ce dis-tu, bouffante de desdain,
Encore donc cest inconstant là m'ayme?

Ha cruauté millefois plus qu'extresme,
Desloyauté qui me ronges le sein,
Ha cœur caché, rigueur plus que supresme,
Oeil plein de morz, tués moy tout soudain:

Si en aymant i'ay suiuy l'inconstance,
L'inconstance est mourir de patience,
Ferme aux assaultz de cent mille beautés.
　Doncques tu dis : Quoy m'ayme t'il encore:
Oüy ie t'ayme Europe & ie t'adore:
L'on ayme aussy tousiours les deités.

23

Ie n'ayme point si ie ne suis aymé,
Mon amitié veut estre mutuelle,
I'ay le cœur haut, si ma belle est rebelle,
Et si elle ayme Amour me tient charmé.
　De cruauté i'ay l'esprit animé,
Quand enuers moy ma Maistresse est cruelle,
I'ay l'ame douce, amoureuse, & fidelle,
Quand son beau sein d'amour est enflamé.
　Quand ma Déesse est bien ayse de viure,
En cette vye il me plaist de la suiure,
Et puis mourir si elle veut mourir:
　Amour me blesse, alors qu'Amour la blesse,
I'ay de l'ennuy s'elle à de la tristesse,
Ie me gueris, s'elle se veut guerir.

24

En quelle part iray ie maintenant,
Où vers Margot, ou bien vers Delescluze?
L'vn tient tout seul les douceurs de ma Muse,
Et l'autre tient mon cœur entierement:
　Si ie vais voir Margot premierement,
Mon amitié ne seruira d'excuse,
Si vers l'amy ie cours isnellement,
Enuers Margot ne seruira ma ruse.

Ange, ny Dieu, ny Daimon ie ne suis,
En deux quartiers partir ie ne me puis:
O contre moy necessité cruelle:
    Si ie ne puis & l'vne & l'autre voir:
Bon iour Amy, car i'ay bien le pouuoir
D'vn long baiser d'appaiser ma rebelle.

25

    I'ay beau chercher les antres solitaires,
Les lieux remplis & de crainéte & d'horreur,
Ie suis bien seul, mais ie ne suis pas seur
De ne souffrir mes peines coustumieres:
    I'ay beau plonger au plus creux des riuieres
Iusques au chef mon corps, & mon ardeur,
Amour qui loge au centre de mon cœur,
N'esteind en l'eau mes flamesches premieres:
    I'ay beau mourir, Amour ne meurt pourtant,
I'ay beau me rendre il me va combatant,
Importunant vne chose deffaitte.
    I'ay beau escrire & de nuiét & de iour,
Pour appaiser sa flame, & mon amour,
Par mon labeur elle en est plus parfaitte.

25

    Soit qu'on t'appelle Europe ou Marguerite,
Ton nom changé, ne change mon Amour,
Soubz vng nom feint tu verras nostre iour
Bien que ton nom mille siecles merite:
    Maugré des ans l'irreuocable suitte,
Qui en serpant vont ourdissant leur tour,
Tu viuras saincte en ce mortel seiour,
Tant que les feux du ciel iront de suitte.

Si i'ay changé ton nom ma belle Dame,
Ie n'ay changé ny de cœur, ny de flame,
Pardonne moy si hardy ie l'ay faict:
  C'est seulement pour plaindre plus à l'ayse,
Ta cruauté, & ma plaisante braise,
Et par ainsy me rendre plus parfaict.

27

  Feu de la haut, principe de tout estre,
Vous estes feu, & vous ne bruslés pas,
Ny tous les cieux, ny tous ceux d'icy bas,
Et l'ignorant ne vous peut recognoistre.

  Feu vostre feu tout le monde faict naistre,
Naistre, & le garde encontre le trespas,
Et si quelqu'vn va franchissant le pas
vne autrefois vous le faictes renaistre.

  A vous Madame est de semblable humeur,
Son œil, sa face, & son ame & son cœur
N'est rien qu'vn feu dont l'ardeur me faict viure.

  Autre que moy ne recognoist ce feu,
De son brasier mon amour est repeu,
Et nul que moy ne le sçauroit pas suiure.

STANCES.

Eaux yeux brillans vrays esprit7 de mon ame,
Daimons de feu qui m'enflamés le cœur,
Embrase7 vous de vostre propre flame,
Puis vous sçaure7 combien i'ay de douleur.

Beaux yeux poignant7, princes de ma fortune,
Archers d'amour qui me lance7 vo7 traict7,
Plongés dans vous le traict qui m'importune,

Prenés la guerre, & me donnés la paix.

Beaux yeux d'amour miniſtres pleins de ruſes,
Pleins de rigueur, non de compaſſion,
Ne bleſſes plus le ſeruitur des Muſes,
Il à de l'ame, & de l'ambition.

Beaux yeux ainçois ennemys de ma vye,
Ne tués pas vng corps ia demy mort,
Car c'eſt auoir plus qu'Amour de folie
De rétuer vng homme apres le ſort.

Beaux yeux flambeaux du Phare de Madame,
Seroit erreur de vous bruſler ainſy,
Ne bruſlés donc ſainéts brandons que mon ame,
Car comme vous elle eſt de feu auſſy.

Le feu du ciel ne ſe bruſle ſoymeſme,
Le fier Neptun ne ſe perd dans ſon eau,
C'eſt ce vouloir vne iniuſtice extreſme,
Que par ſoymeſme aller dans le tombeau.

Beaux yeux bleſſés d'vne ſagette forte,
Pleine d'amour, ma mouelle & mes os,
Et par mon mal, mal qui me reconforte,
Baſtiſſés vous vng eternel repos.

Bleſſés, tués le Poëte des Muſes,
Et par ſa mort faictes viure ſon nom,
Versés ſur luy voz puiſſances infuſes,
Et dans ſon cœur grauës voſtre renom.

C'eſt eſtre heureux de mourir pour reuiure

Au paradis de deux beaux yeux dorés,
L'humain perit, l'or l'argent, & le cuiure,
L'eternel vit dans les cieux ætherés.

Quand doncq mon ame aura quitté sa chartre,
Voulant grimper à son premier seiour,
Soule du monde, ell' yra dans vng astre,
Saincte iouyr du ciel, & de l'amour.

28

Quand sans aymer i'ay bien heuré la trame,
Que Lachesis file de mon destin,
Madame meurt, agreable butin,
De Cupidon qui se paist de son ame.
Quand le brasier de son amour m'enflame,
Triste & pensif, & proche de ma fin,
Son cœur superbe, & son courage fin
Ayment ma mort, & hayssent ma flame:
Quand ie veux viure Europe veut mourir,
Quand ie peris, elle ne veut perir,
D'ardeur & d'ame à moy toute contraire.
Mais si vng iour le Tan d'amour la poingt,
Our au secours ne luy aideray point,
Aussy cruel qu'elle est maintenant fiere.

29

Promettre helas d'vne saincte promesse,
Et d'vn serment remply de saincteté,
Que l'on fera entendre à ma Maistresse,
Mon inconstance, & ma fidelité.
Promettre disie, & pleine finesse,
Pleine de ruse, & de temerité,

Receuoir ioye en ma longue deſtreſſe,
C'eſt ce mocquer de noſtre parenté:
 Ie vous auois ſuppliay maCouſine
De deſcouurir à ma beauté diuine
Ma paſſion, ꝯ vous n'en faictes cas:
 Si vous aymés mon erreur infinie,
N'appelleʒ pas mon Europe à ma vye,
Mais à ma mort appelleʒ le treſpas.

30

 Touſiours pourrayie bien eſtre amoureux fidelle,
Conſtant, paſſionné, heureux en mon malheur?
Aurayie aux os l'amour, ꝯ la conſtance au cœur,
Mourant pour viure ſerf d'vne ingrate rebelle?
 Donnerayie des vœux à vne amie infidelle
Qui reiette ma foy, ꝯ reçoit ma douleur?
Par Idée touſiours verrayie la rigueur
Preſent à mon ſoucy, ꝯ abſent de ma belle?
 Aymerayie touſiours l'œil que ie ne voy point,
Quel eſtrange deſtin de dire qu'il me point,
Veu que l'œil eſt le prince à l'amoureuſe flame?
 Puis l'on tient que ſur tout la frequentation
Augmente de l'amour la ſaincte paſſion,
Et ſans la frequenter ie languis en mon ame:

31

 Dy moy en quelle eſcolle, ꝯ de quel Maiſtre, Amour
S'apprend ton art d'aymer ſi facheux à comprendre?
E. qui dicte ces motʒ qui ſçauent ſi bien prendre,
Pendant que l'eſprit volle à l'eternel ſeiour?
 Ny Athenes la docte, où Minerue eſt touſiour,
Ny Pinde ne ſont pas tes beaux ſecretʒ entendre,

Et ne faut pour sçauoir comme tu metz en cendre,
Ny les ombres d'enfer, ny les espritz du iour.

    Amour grand Dieu tu és seul maistre de toymesme,
Ton sçauoir ne se sçaict que par ta voix supresme,
Et seulement tu és par toymesme exprimé.

    A lire tu apprendz, ces admiserables choses,
Que dans les yeux d'autruy tes flesches ont encloses,
Au rustique Pasteur que tu as enflammé.

32

    I'excuse bien celuy lequel pour auoir veu
Dans vng œil mille amours, naufrage sa franchise,
I'estime vif & mort bienheureux cet Anchise
Berger Dardanien, qui busla d'vn beau feu.

    I'estime bienheureux vng amant qui repeu
Du Nectar amoureux fauorise sa prise,
I'estime bienheureuse vne ame qui esprise
D'vn bel obiect diuin s'enflamme peu à peu.

    En amour chaste & sainct l'obiect, & la presence
Pour donter vng courage à beaucoup de puissance,
Et l'absence pourtant tient mon vouloir donté.

    Aussy pour esmouuoir l'esprit & la poictrine,
Il faut l'obiect present d'vne humaine beauté,
Mais l'absence suffit d'vne beauté diuine.

33

    Mon Dieu que ie contemple en vostre œil de rudesse,
De finesse en vostre ame, & bien peu d'amitié,
Vostre cœur me seduict, & puis vostre œil me blesse,
L'vn en signe d'erreur, l'autre d'inimitié:

    Pensant pour bien aymer choisir vne Maistresse,
Dans la ruse & l'erreur mon amour i'ay lié,

H

Et encor' pour cherir la ruse, & la finesse
Dans vng Dædal obscur ie me suis oublié.

    Au lieu donc d'vne amour ie n'ay que tromperie,
Bienheureux est celuy qui reuere Marie,
Qui n'à que du plaisir, & moy que du tourment.

    Mais dedans cette ruse, & dans cette cautelle,
Où les yeux se perdreyent, ma benine rebelle,
Cache le doux espoir qui faict viure vng amant.

34

    Destournes tu ainsy Maistresse tes beaux yeux
Alors que tu desire vne mort de ma vye?
Ne peux tu pas dy moy d'vn attraict gracieux
Tirer hors de mon corps mon esprit qui desuie?

    Quoy tu crains que mon ame, œuure immortel des Dieux,
Heureuse ne me soit par les astres rauye,
Quoy tu blasme la mort, tu accuse les cieux,
Les vngs d'estre sans force, & l'autre sans ennuye.

    Mais ne crains ie te prye Europe ne crains pas,
Contant ie periray sainct ombre de la bas,
Finissant par ma mort mon amoureux martyre:

    Et ce mourir pour toy que tu dis malheureux,
M'est te faisant seruice, vng trespas bienheureux.
M'arrachant à iamais le mal que ie souspire.

35

    Trop foibles sont mes reins, & le vol de mon aisle,
Pour guinder mon desir au feu de vostre amour:
Et certes quand i'aurois les aisles de l'Amour,
Ie ne pourois atteindre à vostre amour cruelle.

    Ie suis assez leger, estant assez fidelle,
Et ma fidelité ne crainct les rays du iour,

Mais le cours de voſtre œil qui n'a point de ſeiour,
Rend mon vol incertain, & ma flame immortelle:

J'engloutis mon amour dans l'onde d'vn martyre,
Ie vay fondant ma vye, & mes aiſles de cire
Aux rayons enflamés de voſtre cruauté:

Aux filz Dædalien en cela ie reſemble,
Et pourtant ie differe en ce point ce me ſemble,
Qu'il mourut d'arrogance, & moy de loyauté.

CHANSONNETTES.
1

IE bruſle, & tout plein de fureur
Amour me met dans vne erreur,
Dans vne erreur que ie veux ſuiure,
Soit que ie voye de mes yeux
Vng ieune homme tout furieux
Dans tes bras mourir & reuiure.

Soit qu'il Imprime ſur ton front,
Choſes que les amoureux font,
Où ſur ta leure vne morſure,
Soit qu'il cherche dedans ton ſein
Le lis, la Roſe ſur ta main,
Et dedans tes yeux la mort dure.

Soit que d'vn baiſer gracieux
Il chaſſe ſon mal ennuyeux,
Et le ſoucy qui le manie:
Baiſer que Venus donne aux ſiens,
De ſes Nectars Idaliens,
Helas? la cinquieſme partie.

O trois fois heureux, voire plus
Ceux que la lampe de Phœbus,
Fermes voit en leur alliance;
Et dont plustost le dernier iour
Destira la constante amour,
Que le Daimon de l'inconstance.

2

Si tu és plus blanche & belle
Que n'est la glace nouuelle,
D'où vient que ton front est teint
Mon cœur d'vn vermeillon feint?

Et d'où vient Mignonne encore
Que ta leure, où à esclore
Commence le lys Royal,
Va s'empourprant de coral?

Et dy moy ma Cytherée
D'où est ta tresse dorée,
Et qui à ainsy noircy
Le bel arc de ton sourcy?

Conte encore ie te prye,
Parauant que ie desuie,
Qui à tant donné de feux,
Et de trespas à tes yeux?

O repos remply de peine,
Fol d'vne Sidonienne,
O peine qui dans mes os
Fais glisser le doux repos.

O doucereuse amertume,
O Froid brasier qui m'allume,
Sans lequel ie voudrois bien

Voir le port Cotytien:

3

Indontable tu me demande
Combien la bande sera grande
Des baisers que prendre se veux:
Autant qu'on voit briller d'areine
Au tour du païs de Cyrene,
Et autour d'Affrique de feux.

  Où bien autant qu'on voit d'estoilles,
Quand leurs voutes n'ont point de voiles,
Claires driller au firmament,
Qui contemplent en leur cadance,
Quand la nuict donne le silence,
Le secret larcin d'vn amant.

  Doncques pour adoucir ma braise,
Sus que tant de fois l'en me baise,
Qu'il y à d'areine & de feux:
  Et faison tellement Madame,
Que la langue d'vn curieux
Ne les conte, ny ne les charme.

4

  Ie ne crains ny feu, ny tempeste,
Mon Guyet, ny le fer aussy,
Ny les traicts, ny l'ardente peste,
Ny Pandore, & tout son soucy:
  Ie ne crains le grondant tonnerre,
Ny les enroués tourbillons,
Ny les miseres de la terre,
Ny l'eau, ny ses bossus sillons.
  Ie ne crains la pierreuse gresle,

Ny la bouche d'vn importun,
Ny tout l'air brouillé pesle mesle,
Ny cela qui nuit à chacun:

Mais las l'espoir d'vn impossible,
D'vn bel œil qui me peut blesser,
M'est bien d'auantage nuisible,
Aussy crainsie de l'offenser.

5

J'ay iuré d'estre fidelle
D'vne amour perpetuelle,
Par ce chef, & par ces yeux:

Beaux yeux qui par tes œillades
Sont griefuement malades,
Blessés d'vn traict gracieux.

Las Dieu sçaict combien mon âme
Par mes yeux ont pris de flame,
Combien mon cœur à souffert.

Dieu sçaict combien pour te suiure,
Me faut mourir & reuiure,
Et combien mon amour pert.

Mais tu diras ma guerriere,
Que mon chef, & ma lumiere,
Sont à toy, & non à moy.

Ilz sont tiens ie le confesse,
Aussy mes larmes Maistresse
Sont à moy, & non à toy.

Ie te iure par mes larmes,
Larmes mes plus douces armes,
Dont i'accoise mon soucy.

D'estre incessamment fidelle

D'vne amour perpetuelle:
Sois moy donc fidelle aussy.

6

Venus la belle Cyprine
Contemploit Europe vng iour,
Sans passion sa poictrine.

Et son ame sans amour,
Puis à son filz courroucée
Ourrit ainsy sa pensée.

Quoy cette cuisante fleche
Qui blesse mesme les Dieux,
Et qui d'vn seul coup faict breche.

Dans l'enfer, & dans les cieux,
Mon petit Roy cesse telle
Sans naurer vne rebelle?

Mais ce Dieu à l'œil la larme,
Et le soucy dans le cœur,
Luy dict ma treschere Dame.

Ie meurs presque de douleur,
Europe m'à pris la fleche
Dont par tout ie faisois breche.

36

Baigne toy dans mon sang miserable Vautour,
Bequette ensanglanté mon foye & ma poictrine,
Assouuis moy ta faim, & ta serre maline,
Et sans me retuer ne passe pas vng iour.

l'endure mon orgueil, me guindant au seiour
Où aueuglé ie pris de la flamme diuine,
Et si l'autre auiua de feu sa forme indine,
De ce feu ie fais naistre & moy & mon amour.

Si pour auoir l'esprit en ses pensemens braue,
Et ne conceuoir rien qui ne soit haut & graue,
L'on meurt sur vng rocher millefois sans mourir:

Vautour saccage moy & mon foye & ma vye,
Car viuant & mourant il me plaist de souffrir,
Et rendre Promethée exempt de toute enuye.

37

Tousiours le Dieu de l'air forcené de courroux,
N'esclatte contre nous l'horreur de son tonnerre,
Tousiours le Chien ardent ne creuasse la terre,
Aeole ne foudroye incessamment sur nous.

Neptune, le principe & le pere de tous,
Boursoufflé çà & là tousiours ne se deserre,
Tousiours le froid hyuer les ondes ne reserre,
Et L'Aurore tousiours ne fuit son vieil espoux.

L'on ne voit rien de seur en ce terrestre monde,
Vne chose fuit l'autre, ainsy qu'vne onde vne onde,
Le ciel mesme inconstant se vire en mille tours.

Ainsin incessamment ie n'auray de la peine,
Si ma Maistresse est rude, elle sera humaine,
Or le subiect de maux, puis celuy des amours.

38

Mon Dieu que ie suis sot d'aymer vne Déesse,
Déesse que Iuppin ayme comme ie fais,
Mon Dieu que i'ay les yeux charmés de ses attraictz,
Aueuglé d'vne idole & vaine & menteresse.

Mon Dieu qu'vn faux espoir me guide en ma destresse,
Appellant mon martyre vne eternelle paix,
Mon Dieu que ie suis bien miserable à iamais,
Perdu de trop aymer vne telle Maistresse.

Amour Dieu qui bruſles l'air, la terre & la mer,
Pourquoy me faictes vous ſi hautement aymer,
Ourdiſſant doucement en amour ma ruine?

　Amour vous faictes bien. ſi ie meurs en aymant
Vne beauté qui bleſſe vne ſaincte poictrine,
I'auray honneur d'auoir aymé ſi hautement.

39

　Si tu chaſſois de moy cette facheuſe abſence,
Que le Phyſicien nomme Priuation,
Tu ſerois en nous deux vne belle alliance,
Ie ſerois le ſubiect, tu ſerois l'action.

　L'abſence de la forme aneantit l'eſſence,
Et la preſence faict la compoſition:
Qu'à mon abſence donc ſe ioigne ta preſence,
Et nous ferons Madame vne perfection.

　Ie ne ſuis preſque rien, bref ie ſuis ta matiere,
Et tu és en amour ma forme & ma lumiere,
Qui donne eſtre immortel à mon affection.

　Quand tu ſeras fidelle à ma peine fidelle,
Sans s'alterer viura noſtre ſaincte vnion,
Et rien ne la perdra qu'vne humeur infidelle.

40

　Le vulgaire malin ahanant de la vye,
Meſpriſoit Idalie, & ſa diuinité,
Dont le filz de Venus ſortit de la cité,
Portant la rage au front, & dans le ſang l'enuye.

　Il accouple des bœufz, à l'inſtrument les lie,
Puis courbé ſur le ſoc d'vn trauail indonté,
Comme vng bon laboureur qui fuit l'oyſiueté,
Fend le ſein de ſa mere, & ſes veines deſlie:

Il trauailloit foigneux de l'œil & de la main,
Il reftoit à couurir la terre de fon grain,
Et comme il la couuroit, fans attendre de l'eau,

Aufter foudroye tout, fur fon labeur fe ruë:
Amour gros de fureur, luy dict renuerfe & tuë
Mes bœufz ô Iupiter, tu feras mon TAVREAV.

41

Si le ciel qui le monde en fes courfes conduit,
Ne veut que ie te voye en ta propre nature,
Permettz qu'auecques l'art l'on tire ta figure,
Et qu'au lieu d'vn beau iour ie contemple vne nuict.

Permettz que ton bel œil qui par la france luit,
Que ton front compaffé d'admirable ftructure,
Brillent d'vn faux efclair dedans vne peinture,
Que du faux non du vray aumoins ie fou feduit:

Permettz que par Idée, & deuant ton Image
Ie trame en ton honneur le long fil d'vn ouurage,
Ton portraict deuant moy m'efleuera le cœur.

Mais il ne tient à toy ma diuine Princeffe:
Tes parens contre moy font trop pleins de rudeffe,
Ennemys de mon ayfe, amis de ma douleur.

42

Iaccoit que mon Europe inceffamment m'amufe,
Mon cœur pour fon amour, ma main pour fon honneur,
Que ie n'aye fué pour courtifer la Mufe,
Sinon pour rendre egalle aux aftres fa grandeur.

Toutefois cet efprit ennemy de la rufe,
Doux, courtois, & prudent, dont i'honore l'humeur,
D'vne belle vertu diuinement infufe,
Me faccage du fein la mort & le malheur.

Bel esprit pour mon bien ne prendZ plus tant de peine,
Ie suis pauure d'esprit, de nature, & de veine,
Et bien qu'à mon regret le ciel le veut ainsy:
    Mais tant que mon Démon, qui mes pensers allume,
Me fera humer l'air de ce beau siecle icy,
Ie seray Satyrique & de langue & de plume.

43

    Las mon Guyet, las quelle recompense
Pour tant escrire, & languir & gemir,
Suer le iour, & la nuict ne dormir,
Chaud de sa gloire, & de ma patience?
    Pour contempler d'vne perseuerance,
La plume en main les estoilles brunir,
Et se finir, deuant que de finir
Ma passion, la moitié de leur dance:
    Pour estre ferme, indontable, asseuré,
Pour esperer estant desesperé,
Viure & mourir, heureux & miserable.
    Et pour nourrir d'imagination,
Veuf du subiect, ma forte passion,
N'aurayie pas vng salaire honorable?

44

    Mon Dieu mon Dieu qu'agreable est ma belle,
Douce, gentille, honneste, & dont les yeux
Flambent plus clairs que les flambeaux des cieux
Qui vont rouant d'vne dance eternelle.
    Mon Dieu mon Dieu que sa leure iumelle,
Son front, sa ioue, & son sein gracieux,
Sa main de rose au traict victorieux
Blessent mon cœur, mes os & ma moüelle.

Mon Dieu mon Dieu que de mortz i'apperceu,
Quand dans mon œil mille Amours ie receu,
Pages diuins d'vne Dame diuine:

  Mon Dieu mon Dieu Chotard que ie feus pris
Quand mon Démon en ses beautés espris,
A ses esclairs opposa ma poictrine.

45.

  Amour au ciel faict cognoistre sa main,
On sçaict sa force au plus profond de l'onde,
Seul on l'esprouue en tous les coingz du monde,
Maintenant doux, maintenant inhumain.

  Pluton reçeut sa puissance en son sein
Courant, troublé toute la terre ronde:
il n'y à rien que sa flame ne sonde
Depuis l'Enfer iusques au ciel d'airin.

  Amour est Dieu, immortel est son estre,
Et puis vng Dieu est & par tout doibt estre
Et de presence, & de perfection.

  Il est bien Dieu, son essence immortelle,
Et toutefois pour ma punition
Mais il n'est pas dans le cœur de ma belle.

46

  Bien que sur terre ondoye tes cheueux,
Que ton beau sein, le Roy de ma victoire,
Et ton col blanc, aillent dontant l'iuoire,
Que la douceur apparoisse en tes yeux.

  Bien que ton front reluise audacieux
De maiesté, de louange, & de gloire,
Que sur ta main on voye la memoire
De ta puissance, & d'vn cœur genereux:

Bien qu'en ta ioue on contemple la rose,
La marguerite en tes leures esclose,
Fleur dont l'odeur me faict viure & mourir.
  Ton bel esprit, & ton gentil courage,
Et ta bonté, me sont bien d'auantage,
Ceux-cy sont tiens, ceux-la peuuent perir.

47

Belle tu és mon essence cinquiesme,
Et le beau ciel où i'aspire en aymant,
Tes yeux, les feux qui brillent clairement
Dedans mon cœur d'vne lueur extresme:
  Ton corps que i'ayme helas plus que moymesme,
N'à pour principe en luy aucunement
Les qualités de pas vng Element,
Sauf de la mort, & de sa fleche blesme:
  Il n'est subiect a composition,
A changement, ny à corruption,
Pour accident n'ayant que la lumiere:
  Et si l'effect est que la cause tel,
Mon feu sera à iamais immortel,
Viuant mon ame en tes yeux prisonniere.

48

Il faut mourir sans viure d'auantage,
Il faut mourir, sans mourir tant de fois,
Il faut mourir & de cœur & de voix,
Ne tant souffrir, ne tant chanter ma rage.
  I'ay l'ame haute, & braue le courage,
Chaud à l'alarme, ardent comme les Rois,
Mais ce grand Dieu qui porte le carquois,
Rompt ma vaillance, & le gros de mon aage:

Il faut mourir, il faut mourir helas,
Il faut chercher quelque Dame la bas,
Dont le brasier me redonne la vye:
    Il faut mourir pour estre plus heureux,
Pour deuenir cent fois plus amoureux,
Captif aux lacqʒ d'vne nouuelle amye.

49

    Que ce vieillard Saturne illimité,
Ce Temps qui fuit d'vne course emplumée,
Ne te rauisse Europe mon aymée,
Ny mon amour ny ta fidelité:
    Sois en aymant vng escueil arresté,
Roide aux effortʒ d'vne flotte animée:
Si tout perit ainsy qu'vne fumée,
Sacre ta vye à l'immortalité:
    Sois comme moy, malheureuse & fidelle,
Ayes aussy vne ardeur mutuelle,
„ Chetif qui ayme, & qui n'est pas aymé,
    Et si tes yeux enflament ma ieunesse,
Dedans ton sein tombera ma vieillesse,
Ieune & vieillard par ton feu consumé.

Fin du Second liure des
Amours d'Europe.

LE TROISIESME LIVRE

DES AMOVRS D'EVROPE.

ELEGIE.

I.

RISSARD parcelle, ains le tout de mon ame,
Dy moy comment l'on courtise vne Dame
Fine & rusée: Amy descouure moy
Comment l'on peut rendre plus doux l'esmoy
u vient d'aymer, & comment loing d'enuye
 tout plaisir l'on peut passer sa vie.
 Ainsy tousiours vne guerriere main
'ille beaux traictz descoche dans ton sein
eureux amant, & te face d'escrire,
oëte sainct, ton amoureux martyre,
erdu d'amour : Les Zephirs gracieux
mporteront tes soupirs dans les cieux,
t si des cieux la course est perennelle,
on amitié sera perpetuelle,
t tes sanglotz, tes regretz, ton soucy
omme immortelz la haut viuront aussy.

Si l'on ſçaiſt bien de quel phylte l'on charme,
Les yeux les os, le cœur, puis toute l'ame
D'vne Maiſtreſſe, helas tu le ſçais bien,
Et en amour certes il n'y à rien
Qui ne t'admire, Amour te fauoriſe,
Les graces meſme honorent ta franchiſe,
Et ta conſtance, & ne bruyent ſinon
Par tout Paphos ton amour & ton nom.

Secoure moy, monſtre toy pitoyable,
Tu m'és amy, puis ie ſuis miſerable,
Donq ma miſere, & ta longue amitié
Doibuent forcer tous tes ſens à pitié.

Ie ne veux pas pour enchanter ma fiere,
Idolaſtrer aux piedz d'vne Sorciere
Magicienne, & ie ne veux auſſy
Beaucoup faillir pour vng peu de ſoucy.

Elle peut bien me deliurer de peine,
Elle peut bien charmer mon inhumaine,
La faire aymer, luy donner du tourment,
Et barbottant fendre ſon cœur d'aymant
Par la moitié, la rendre langoureuſe,
Plus douce helas qu'elle n'eſt rigoureuſe:

Elle peut bien arreſter, & charmer
Le flot bruyant de la venteuſe mer,
Et rebrouſſant des aſtres la carriere,
Guider leurs pas follement en arriere.

Ell' peut tirer les ormes d'vn haut mont,
Souuent la Lune à l'obſcur de ſon front
Rouge & vermeil, & le ciel ſe baignotte
Dedans le ſang quand la vieille marmotte,
Puis elle appelle auec des motz nouueaux

s manes ſourdz hors de leurs froidz tombeaux,
le peut tout, mais tu peus bien mieux qu'elle
onner relache au mal qui me bourelle.
l'ay beau chanter, faire de l'amoureux.
e deguiſer, m'appeller malheureux
ſteur des bois, & forceant ma nature
onter par tout la douleur que i'endure:
l'ay beau pryer, ſangloter, ſouſpirer,
ſtre conſtant, puis me deſeſperer,
urler de rage, & maudiſſant l'enuye
ſtre enuyeux des ſoleilz de ma vye:
Ny mon malheur, mes cris, ny mes ſanglotz,
'y les ſouſpirs qui deſſechent mes os,
e deſeſpoir, la fureur, & la rage
'ont ſçeu iamais amolir ſon courage,
e ſa rigueur, ains auec ſa beauté,
t mon malheur prend pied ſa cruauté.
Bien toſt Briſſard mais las trop toſt ma vye
our bien aymer d'Amour ſera rauye
ans ton ſecours: ne ſois pas endormy:
A l'incertain on recognoiſt l'amy,
t quel il eſt: Sois moy donq ſecourable:
C'eſt charité d'ayder au miſerable.

ELEGIE.

2

V I voudra voir vng amant que l'eſpoir
Soubz beau ſemblant conduit au deſeſpoir,
Et à la mort, me voye, car i'eſpere,
Et eſperant chetif ie deſeſpere

Pour trop aymer, & ſi ie n'aymois tant
Le deſeſpoir ne m'iroit tourmentant.

Ie ſuis ſemblable à cet Enfant Icare
Qui s'eſgara vng peu trop loing du phare
De ſes parens, & hautain ne creut pas
Que pour ne croire il iroit au treſpas
Eſperant trop, & d'autant que i'eſpere
Plus qu'il ne faut ie baſtis la miſere,
Et le danger où ie ſuis tous les iours
Pour aſpirer à ſi hautes amours.

Mais deux moyens directement contraires
Furent helas aucteurs de nos miſeres,
Et de nos maux : car l'ardeur d'approcher
Pres du Soleil a bas le fit broncher
Dedans la mer, & la mer par enuye
Luy eſteignit ſon ardeur, & ſa vye:
Moy au rebours ie meurs pour ne voir point
Le beau Soleil qui viuement me poingt.

Quand quelque fois ie repenſe en moymeſme
Que l'œil norrit en ſoy l'ardeur extreſme
Qui nous alume, & que ſi l'on ne voit
Le plus ſouuent l'obiect qui eſmouuoit
A bien aymer, que bien long temps ne dure
Le doux ſoucy qu'vn amoureux endure:
Ie ſuis rauy en moymeſme comment
Pour ne voir point i'ayme ſi follement.

Amour deuant que de bleſſer noſtre ame,
Dedans nos yeux faict ondoyer ſa flame,
Qui gliſſe au cœur, & noſtre eſprit n'à rien
Que noſtre ſens ne le cognoiſſe bien:
Et toutefois comme vne choſe eſtrange,

Ce ieune Enfant m'aueugle, & puis me range
Soubz son enseigne, & veut resolûment
Me faire aymer de l'esprit seulement,
Sans voir de l'œil, & forceant ma nature
Me faict chanter les ennuys que i'endure:

  Où si les yeux charmés par la beauté,
Princes d'amour perdoyent la liberté,
Et le plaisir d'vn Poëte qui ayme:

  Ie deurois estre heureux tout à moymesme,
Exempt d'esmoy, & n'auoir point au cœur
Pour bien aymer vne extreme douleur.

  Mais le destin ne m'est-il pas contraire?
Destin cruel, qui me contrainct de faire
Ce qu'vn Arabe helas ne feroit pas:
I'ayme & ie meurs le iour de cent trespas
Pour vng bel œil, dont la clairté brillante,
Sans en iouyr, doucement me tourmente,
Et me consume & ie sçay bien helas
Que pour m'aymer elle n'endure pas
Passionnée, ains ne se faict que rire
De voir mon cœur que son amour martyre,
Tue & retue, & se mocque de quoy
Ie suis tousiours defiguré d'esmoy.

  Las si ie croy cette belle sentence,
Qu'vn bel obiect esmeut nostre puissance,
Et nous contrainct à doucement aymer:
Pourquoy dy moy, ô fille de la mer,
Alme Venus, que i'ay six ans suiuie,
Suisie si triste en l'Auril de ma vye?
Balle d'amour, pour aymer cherement
Vne beauté que ie voy seulement

Par vne Idée, & dont la douce abſence
Me faict mourir viuant par ma conſtance.

E L E G I E.

3.

Amais Didon, qui mourut en aymant,
N'eut tant ſouffert de peine & de tourmens
Pour ſon Aenée, & l'amoureuſe flame
De Cupidon neut embraſé ſon ame,
De Cupidon qui courant au treſpas
De cette Royne, emprunta les faux pas,
Le port, & l'œil d'vne menteuſe Idole:
Sans le doux miel de la belle parole
De ce Troyen, qui luy contoit les maux,
Les hurtz cruelz, les ſoingz, & les trauaux
De ſon païs, & bruſloit par l'oreille
Son cœur d'amour, ſon ame de merueille.

Et pour le vray ſoubz le ciel n'y à rien
Qu'vn amoureux diſcours ne donte bien,
Quand la parole, interprete de l'ame,
Raporte au vif noſtre amoureuſe flame,
Sans ſe farder, & que le ſeul ſoucy,
Chaud & ardent, nous faict parler ainſy.

Quand l'autre iour ie racontois aux pleines,
Simple Paſteur, mes angoiſſeuſes peines,
Et mes douleurs, qui ne peuuent charmer
L'œil de Margot qui ne veut pas m'aymer,
Les flotz touchés d'vne pareille atteinte,
Eſtoyent eſmeus par ma iuſte complainCte,
En murmurant, & arreſtoyent leurs cours

Pour escouter mes secrettes amours.

D'autre costé le buissonneux Boccage
Trembloit aux cris furieux de ma rage,
Et les rochers charmés par ma douleur,
Le plus souuent se fendoyent iusqu'au cœur:
Tout lamentoit mon sort & ma fortune,
Quand ie plaignois le mal qui m'importune,
Et qui me tue, & veut que maugré moy
I'aille adorant l'obiect de mon esmoy.

Ie pourray bien, car i'ay l'ame eschauffée
D'vn feu diuin, ainsy qu'auoit Orphée,
Prince de Thrace, arracher d'Acheron,
Par mes accordz, les ombres que Charon
Aura passé dans sa vieille gondole:

Ie pourray bien par ma douce parole,
Sœur de Pithon, oster d'affliction
Le fin Sisyphe, & le fol Ixion,
Et donner tréue aux sanglantes Belides,
Charmer la faim, & les entrailles vuides
De ce Vautour, qui picotte le cœur
Du fier Titye, execrable douleur.

Ie puis cela, & voire d'auantage,
Mais ie ne puis pour adoulcir ma rage,
Et mon amour, parler à la beauté
Qui tient captiue aux ceps ma liberté:

Ie ne puis pas luy conter mon martyre,
Et comme helas sans cesse ie souspire,
Perdu d'amour, & ie ne puis aussy
Luy mettre en l'ame vng amoureux soucy.

Las si i'auois ma belle la puissance
Que de vous faire entendre ma souffrance,

Et le soucy qui me poingt viuement,
Viuant, mourant au milieu du tourment,
Et du brasier, aysément ie m'asseure
Qu'auriés esgard au trespas que i'endure
Pour vous Madame, & que mon amitié
Esmouueroit vostre cœur à pitié.

Vostre estomac n'est de fer ny de glace,
Vous n'aués pas pressuré la tetasse
D'vne Lionne, ains vostre cœur benin
Boit voluntiers le delicat venin
Qu'Amour vous donne, & n'esteind pas la flamme
Qu'vn bel amant vous verse dedans l'ame.

Ce n'est de vous Madame ce n'est pas,
Dont ie me plaindz au milieu du trespas,
Vous qui m'aymés, & qui n'oz és pas dire,
Et ne pouués, vostre estrange martyre.

C'est du Destin dont ie me plaindz bien fort,
Lequel me donne & l'Amour & la mort,
Et ennemy ne veut que ie vous conte,
En lieu secret, que vostre œil me surmonte,
Et me retient esclaue soubz sa loy,
Pour vous aymer millefois plus que moy.

ELEGIE.

4

IE suis en tout à Leandre contraire,
Ero l'ayma, & ie ne puis complaire
A ce bel œil que i'ayme mieux que moy,
Et que i'adore ainsy comme mon Roy.
    Cette pucelle estoit si bien rauye

Par la beauté de Leandre sa vye,
Que la raison faisoit place à l'amour:

  Soit qu'Apolon nous redonnast le iour,
Le cœur & l'œil, qu'Amour sçeut si bien prendre,
Passant la mer, se rendoyent vers Leandre,
Dedans Abyde, & ne prenoyent plaisir
Qu'à donner tréue à leur cuisant desir,
A leur amour, & au soing qui bourelle
Le sein bossé d'vne ieune pucelle.

  Soit que son char, qui soubz l'onde s'enfuit,
Pleine d'horreur nous r'amenast la nuict,
La Sestienne, ardente dedans l'ame,
Sur vne tour faisoit driller la flame

  De son ardeur, & ainsin allegeoit
Toute la nuict le feu qui la rongeoit,
Et de Leandre appaisoit le martyre,
En luy donnant ce qu'vn amant desire.

  Mais quand ie passe aupres de la maison
De ce bel œil qui me tient en prison,
Pour soulager d'vne œillade amoureuse,
Où d'vn salut, mon ame langoureuse:
Pour antidote à mon cruel tourment,
Me ferme au nés la porte rudement,
Et d'vn courage esgal à la Lionne,
Traitte fort mal mon cœur que ie luy donne.

  Ce ieune amant, qu'Amour rendoit hardy,
D'vn masle cœur, & d'vn bras bien roidy,
Tant peut son traict sur vng gentil courage,
Parmy l'horreur passoit la mer à nage,
Et s'alloit rendre où Ero l'attendoit,
Ero qu'Amour de son amour ardoit,

Et languiſſoit d'vne flame admirable,
Pour trop l'aymer amante miſerable.

La ſans feintize au milieu de deux dras,
Sein contre ſein, colletés bras à bras,
Flanc contre flanc, & bouche contre bouche,
S'entredonnoyent vne douce eſcarmouche,
Et mi-laſſés ſe mignotoyent ſi bien,
Que meſme Amour enuieux de leur bien,
Haſtoit du iour la ronde couſtumiere,
Tirant ſes rays de l'onde mariuiere,
Et pour ce coup, entrerompit la nuiɛ̃t,
Qu'il ayme tant, pour rompre leur deduit,
Et le ſoulas, dont deux amans fidelles
Vont appaiſant leurs playes eternelles.

Ie paſſe bien, & les iours & les nuiɛ̃tz
De piedz, de bras mille gouffre d'ennuys,
Et mille mers, où ſans ceſſe ſe plonge
Le feu goulu qui l'eſtomac me ronge,
Pour l'amortir : mais l'onde ne veut pas
Par ſa froideur ſecourir mon treſpas.

Cette Bergere autrefois tant chantée,
Qui tient mon ame en ſes yeux enchantée,
Ayme la parque & ne veut pas guerir
Le doux ſoucy lequel me faiɛ̃t mourir
Pour trop l'aymer, ainçois repaiſt ſon ame,
Comme le Tygre, & de ſang, & de flame.

Ce fol Leandre aueuglé par l'amour,
Aymoit la nuiɛ̃t, non la clairté du iour,
Pour mieux iouyr du fruiɛ̃t de ſon attente:
Le iour me plaiſt, & la nuiɛ̃t me tourmente,
Du tout contraire à ce loyal amant,

Qui eſtoit ayſe, & ie ſuis en tourment:
Comme ie fais il mourut pour ſa Dame,
Mais luy dans l'onde, & moy dedans la flame.

ELEGIE.

ſ

HELAS au lieu que vous deburiés Madame
D'vn œil benin faire ceſſer la flame
Qui me deuore, & d'vn embraſſement,
Cœur contre cœur, rembarer le tourment,
Qui pour vous ſeule, orage ma poictrine:
Amour qui court au but de ma ruine,
Et tous les cieux coniuriés contre moy,
Dedans mon ſein vont amaſſant l'eſmoy,
Le deſeſpoir, la peine & la ſouffrance,
Et le regret de voſtre triſte abſence.
Quand plein d'amour ie contemplois vos yeux,
Yeux, mais pluſtoſt deux eſtoilles des cieux,
Et voſtre front, qui faict honte à L'Aurore,
Et voſtre langue où le diſcours ſe dore:
Mon cœur charmé perdoit tout ſentiment,
Mes os en pierre alloyent ſoudainement,
Mon ſang en glace, & ma poictrine en roche,
Et mon eſprit, dont la naiſſance approche,
Des ſainctz rayons de la diuinité,
Grimpoit la haut à l'immortalité:
Si bien qu'heureux, & veuf de toute enuye,
Priué d'amour qui tiraſſe la vye,
Et le repos d'vn miſerable amant,
Entre les bois ie viuois ſans tourment,

Efgal à ceux qui virent la Gorgonne:
Mais maintenant Amour me paſsionne
Par voſtre abſence, & me pourſuit ſi fort
Que ie n'eſpere autre bien que la mort.

Comme l'on voit l'obſcurité profonde,
Triſte & horrible cnuironner le monde,
Quand le Soleil recreu de cent trauaux,
A corps perdu s'eſlance dans les eaux,
Pour r'afreſchir deſſoubz l'onde aZurée
Sa cheuelure inceſſamment dorée:

Ainſy ſi toſt que le iour de voſtre œil,
Oeil qui ne trouue au monde ſon pareil,
Eſloigne vng peu l'horiſon de ma veüe,
La nuiét d'ennuys dans mon ame ſe rüe,
L'horreur, l'eſfroy, la peur, l'obſcurité,
Puis voſtre amour qui me tient enchanté,
Le deſeſpoir, l'eſpoir, le froid, la flame
Font vne guerre immortelle à mon ame:
Craignant qu'abſente, hé tant ie ſuis heureux,
Vous n'alliés faire ailleurs vng amoureux,
Qui enuers vous aura le cœur volage,
N'aymant fines que pour chaſſer la rage
Qui le tiraſſe au dedans viuement:
Où ie vous ayme auſſy fidellement
Qu'on peut aymer vne fidelle amye,
A qui l'on donne & ſon cœur & ſa vye.

Mais las pourquoy me laiſſés vous ainſy
Pendu ſur l'eau d'vn amoureux ſouty?
Et tout ſeulet ſans mas ny ſans cordage,
Deſeſperé me donner au naufrage
De voſtre amour? n'aués vous pas au cœur

Vng repentir de ma iuste douleur,
Et de l'ennuy qui pour vous me martyre?
Helas Europe au moins faictes reluire
Le phare sainct de vostre humanité,
Puis vous verrés où ie suis tourmenté,
Dedans quel gouffre, & quel profond Nerée
Retient pour vous mon ame enamourée.
    Venés mon cœur, venés mon petit œil,
Venés mon iour, venés mon beau Soleil,
Venés mon ame, & venés ie vous prie,
Si vous voulés me retenir la vie
Qui ia s'enuole: Hé venés ie me meurs,
Venés, ayés pitié de mes douleurs,
Et rendés moy las par vostre presence,
Le bien que i'ay perdu par vostre absence.

ELEGIE.
6
A PAVL DELESCLVZE.

PAN nous aymoit cher amy Delescluze,
Quand par les bois compagnons de la Muse,
Et d'Apollon nous chantions tout le iour
Le soing plaisant que nous donnoit Amour.
    Pan nous aymoit, & pressé de manie,
A demy fol, escouttoit l'harmonie
De nostre flutte, & appaisoit ainsy,
Ce sembloit-il, son amoureux fonçy,
Et le brandon qui mange sa moüelle,
Et qui le tue, aymant vne rebelle,

Vne inhumaine, vne ingrate beauté,
Qui ne se paist sinon de cruauté,
Cœur de rocher, & de rigueur suiuie,
Plustost qu'aymer, voulut perdre la vye:
    C'est ce Dieu la qui premier inuenta
Le flageolet, & si bien en chanta,
Et enchanta les bois, & l'onde mesme
Qu'ell' s'esmouuoit à sa douleur extresme,
Et toutefois ce Dieu ne sceut iamais
Hors de son cœur arracher tant de traictz,
Tant de chagrins, & tant & tant de peines,
Qui pour aymer se brouillent dans ses veines,
    Ce Dieu benin tendrement nous aymoit,
Et nos flageolz doucement animoit
D'vn air diuin, & nous rendoit traictable
Ce qui le plus nous rendoit miserable,
Et langoureux, & par compassion
Auoit pitié de nostre passion,
Et cognoissant la force d'Erycine
Par vng beau chant charmoit nostre poictrine,
Comme Antidote au charmes dont Cypris,
L'oreille ouuerte, enchante nos espris.
    Mais aussy tost qu'vne ialouse enuye
Nous eust rauy tout l'heur de nostre vye,
D'heureux chetifz. & que l'ambition
Nous eust roué ainsy qu'vn Ixion:
Pan qui ne suit que les sainctes brigades
Or' des Syluains, ores des Oreades,
Nous delaissa, & dés le mesme iour
Hors de nos cœurs arracha son amour.
    Qu'elle poison charma nostre poictrine?

Quelle promesse auions nous de Cyprine,
Et de son filz? quand pleins de vanité,
Perdant la vye auec la liberté,
Et le repos dont nous viuions à l'aise,
Courrusmes folz au milieu de braize,
Et du regret, & pour suiure les Rois,
Ambicieux delaissasmes les bois?

Quelle fureur! las affola nostre ame?
Quand pour mourir nous chercheasmes la flame,
Et pour le bien le mal qui suit tousiours
Celuy qui volle à si hautes amours?

Las quel destin nous feit quitter la plaine,
Où croist le thym, l'œillet, la mariolaine,
Le Bacinet, & mille & mille fleurs,
Pour à la ville auoir mille malheurs?
Et courtizer vne Dame rusée?
Qui ne s'amuse à tourner la fuzée
Comme la Grecque, ains apprend vistement
A tourmenter vng miserable amant,
A le tromper, & vueille sur vng liure,
Pour le tuer, & pour le faire viure:

Fuyous, amy, fuyons, croy moy, suy moy,
Le gouffre noir d'vn si horrible esmoy,
Et le Carybde où l'amoureux se lance,
Quand vng bel œil le tient soubz sa puissance,
Desesperé, qui ayme mieux mourir,
Que tant languir, & iamais ne guerir:
Heureux celuy qui veuf de toute ennuye,
Et veuf d'amour, au bois passe sa vye.

ELEGIE.

7

FOL ie penſois que voſtre beau viſage
Deut accoiſer le ſoing qui me ſaccage
Muſcles & os, & que voſtre rigueur
Banie au loing, feit place à la douceur.
Mais ma fortune, & ma douleur amere,
Voſtre deſdain qui conçeut ma miſere,
Ma paßion, & voſtre cœur d'aymant
Ores me font iuger tout autrement.

Pour vous aymer las vous m'aués en haine,
Pour eſtre doux vous m'eſtes inhumaine,
Dure & rebelle, & pour eſtre conſtant
Inconſtamment vous m'allés tourmentant.

Mais ie ſeray ſi loyal, ſi fidelle,
Si aſſeuré au mal qui me bourelle,
Que ma conſtance, & ma fidelité
Sera cognue à la poſterité,
Qui blaſmera voſtre rigueur ſuiuie
D'un deſeſpoir, dont i'entretiens ma vye.

Si plein de rage, & battu de courroux
Iniuſtement ie parlois contre vous,
Comme Niobe iniuria Latonne,
Vous deburiés eſtre & cruelle, & felonne,
Voire meurtriere, & d'un traict aſſilé
Punir mon cœur d'auoir ainſy parlé.

Mais ſi ie ſuis celuy qui vous honore
Comme Maiſtreſſe, ainçois qui vous adore
Comme Déeſſe, & qui ne cherche rien,

Qu'en vous aymant, voſtre honneur & le ſien,
oyés Madame & prompte & pitoyable
A voſtre amour qui le rend miſerable.
  Ny le Moulin, ny les Saules ombreux,
Ny des foreſtz les antres plus affreux,
Ny le Bouquet qui à la Marguerite,
Fleur qui ſera la quatrieſme Charite,
Ny la Penſée, & la Roſe & le Thin,
Ny tout cela qu'au leuer du matin,
Et de L'Aurore enfante la Tinture,
Ne font ceſſer la peine que i'endure:
  Mais voſtre langue, & voſtre douce voix
Pithonienne, enchante par les bois
Le mal qu'Amour cet Enfançon volage,
Filz de Venus, cache dans mon courage.
  Pour ſe laiſſer ſubtilement charmer
L'oreille ouuerte aux Nymphes de la mer,
Quand ell' touchoyent leurs Ciſtres d'artifice
Les compagnons du vagabond Vlyſſe,
Simples d'eſprit, prindrent des corps nouueaux,
Muant leur forme en forme de Pourceaux.
  Ainſy pauuret quand i'entend la harangue
Qui va gliſſant ſur voſtre belle langue,
Langue dorée, où le miel hyblean
Doux ſe meſlange au fleuue Cyrrhean,
Ie perdz l'eſprit furieux de manie,
Et ma raiſon ſuiuant cette harmonie
Me faict banqu'routte, & ie demeure ainſy
Veuf de raiſon, & non pas de ſoucy,
Pour vous aymer, & ie ne puis Madame
Par mon amour enamourer voſtre ame.

Aymés Maiſtreſſe, aymés ainſy que moy
Receués voſtre & mon cœur & ma foy,
Ie vous ſeray ſeruiteur tres-fidelle,
,, C'eſt vng grand bien qu'vn amour mutuelle.

ELEGIE.

8

D V vif crayon de ma drillante flame
I'esbaucheray les beautés de Madame,
Sur ce tableau, car rude que ie ſuis
Naïfuement peindre ie ne la puis,
Auſſy en l'art de peindre ie n'excelle
Comme iadis fit le Coïen Apelle,
Qui feit Venus, & toutefois icy
Ie veux depeindre Europe & mon ſoucy:
Si Apollon qui dans nos cœurs preſide,
En tous mes traictz me veut ſeruir de guide.

Vng iour le Roy de la terre & des cieux,
Fit au concile appeller tous les Dieux,
Dieux, demi-Dieux, puis rompant le ſilence,
Haut eſleué, pompeux en apparence,
Ainſy parla: Mes Dieux i'ay volunté
De faire naiſtre au monde vne beauté,
Seule en ſa forme, & qui ſurpaſſe encore
Les beaux preſens de la belle Pandore:
Vulcan la fit, & Iupiter fera
Cette beauté que le monde lou'ra.

D'vn feu plus vif des aſtres ie veux faire
Ce bel eſprit qui ſçaura bien attraire
Maint pauure amant, & dont l'eternité,
Et le deſtin ne ſera limité,

Ny des saisons, ny des longues années,
Car sur les temps regnent les destinées:
Et quand i'auray ce bel esprit tout faict,
Ie luy donray vng organe parfaict
Vng corps par qui il agira sans cesse,
Passant des cieux la course & la vitesse.

　Il n'eust si tost acheué son propos,
Propos qui peut faire arrester les flos,
Et tous les cieux, qu'incontinant en place
L'on vit paroistre vne diuine face,
Belle, agreable, amoureuse à souhaict,
Plus blanche au teint que le chemin de laict
Qui brille aux ciel quand au plus creux de l'onde
Le beau Soleil laue sa tresse blonde,
Puis l'ame vint cette glace animer,
Ame qui peut les Scythes enflamer.

　Les Dieux rauis d'vne telle merueille
Pour nous la rendre à iamais nompareille,
Espris d'amour chascun à qui mieux mieux
Luy octroya vng don digne des Dieux:

　Phœbus premier sa blonde cheuelure,
Longue, dorée, errante à l'aduenture
Au col par onde, & dont les petitz nœus
Las peuuent rendre vng Tartare amoureux.

　Amour arma ses yeux de mille flecbes,
Noirs, amoureux, pour faire mille breches
Dedans les cœurs de ceux-la qui veudront
Voir de cent pas le cristal de son front.

　Venus luy feit la gorge & la poictrine,
Belle, neigeuse, iuoirine, & marbrine,
Où deux beaux fruictz pommellent tous les iours,

Heureux ſeiour de mille & mille amours.

Puis pour la rendre émerueillable encore
A vng chaſcun, la rouſoyante Aurore
Luy feit preſent de ſa guerriere main,
Dont elle bleſſe & le cœur, & le ſein
De ſon amant, & de dix doigꝫ de roſes,
Beaux comme fleurs tout freſchement eſcloſes.

Euterpe auſſy luy donna ſes chanſons,
Pithon ſa voix, Cupidon ſes priſons,
Vulcan ſes traictꝫ, Minerue ſa ſageſſe,
Mars ſa fierté, Mercure ſa fineſſe,
Et le moyen de tramer du tourment
A celuy-la qui ſera ſon amant:
Le Temps ſa faux, Iunon ſa noble race,
Le ciel ſa force, & les Graces leur gracꝫ

Et bref en terre & au ciel n'y a rien,
Voire par tout Belle qui ne ſoit tien,
Car ta beauté ſe monſtra ſi ſupreſme,
Que Iupiter bruſlant d'vn feu extreſme,
Changea ſa forme en forme de Taureau,
Puis ſur ſon dos t'emporte parmy l'eau
Chetiue Europe, & par voye ſecrette
Te feit ſurgir au riuage de Creſte.

ELEGIE.

9

A CVPIDON.

ENFANT pourquoy as tu au cœur tant d'ayſe
De voir mon ſang, mes larmes, & ma braiſe
Qui me conſume, & en vng ſeul moment,

ourreau d'amour, n'accoise mon tourment?

Qu'heureux estoit le voleur Promethée,
Qui anima son image inuentée
De feu cœleste: il n'auoit tout le iour
e foye chaud pinceté du Vautour,
Ainçois la nuict, qui luy estoit humaine,
stoit au moins fauorable à sa peine:
t tout le iour ce Vautour amoureux
ier me deschire, & me rend langoureux.

Qui soubz Aetna considere Encelade,
ur qui le ciel mille sagettes darde
leines de flame: il peut considerer
e feu d'amour qui me vient deuorer,
Mais las le ciel n'à la flame si viue,
Que toy cruel, & tu veux que ie viue:

Plus ne m'embrase, aussy ie ne suis plus,
La mort me rend impotent & perclus,
roid comme pierre, & mon Europe pleure
De iour en iour, & voire d'heure en heure,
Et comme on dict, par les fleuues bien loin,
Par montz, par bois, ayant au cœur le soin,
a l'arme à l'œil d'vne voix pitoyable
s'appelle, & puis s'appelle miserable,
Maudit fortune, & deteste le sort
Qui luy rauit son amant par la mort.

Et en amour certes c'est la coustume
De voir la fille & pleine d'amertume
t de rigueur, quand l'amant en santé
Comme Déesse, adore sa beauté.

Mais tout soudain qu'Atropos à rauye,
aute d'amour, & l'amour & la vye

D'vn seruiteur immuable & constant,
Vng repentir tost la va tourmentant,
Puis vne amour , & puis vne furie,
Et puis apres furieuse elle crie,
Bat sa poictrine, arrache ses cheueux,
Et folle en vain faict mille & mille veux.

  Europe las ne me pers pas encore,
Assés assés ton amour me pert ore,
Et ton desdain, & pour estre amoureux,
Ie suis assés Europe malheureux.

  Bons Dieux pourquoy bouillonnante de rage
Diffames tu Mignonne ton visage?
Tes yeux, ta ioue, & ta bouche, & pourquoy
En te pleignant me combles tu d'emoy?

  Pardonne Europe, Europe ie te prye,
A ton poil d'or, & pardonne à ma vye,
Appaise vng peu ces attraictz furieux,
Ne verse plus tant de pleurs de tes yeux,
Car ces ruysseaux qui vont en abondance,
Sont de mon sang la plus pure substance.

  Que si tu as quelque soing de l'ennuy
Que ton amant endure dedans luy
Pour trop t'aymer, veu qu'il n'est pas encore
Dans le tombeau que la terre deuore,
Ores en toy pardonne luy mon œil,
Luy donnant vye , & banissant ton dueil.

ELEGIE.

IO
D'EVROPE ET D'AMOVR.

V N G iour d'Esté Europe d'auanture
Voyant Amour courir par la verdure,
Et par les prés, luy dict à haute voix
Enfant mets bas ce petit arc Turquois,
Et tous ces feux, & viens à moy combatre,
I'ay dans mes yeux les forces pour rabatre
Ton arrogance, & les maux que tu fais
A tant d'amans qui maudissent tes trais.

    Quelz faux discours, qu'elle fable, quel conte,
Et quel raport, de dire que tu donte
Le ciel, la terre, & que d'vn traict de fer
Fier tu commande au prince de l'Enfer?
Tu n'es qu'Enfant, vng Enfant deuant l'aage
,, N'est si puissant bien qu'il ayt du courage,
Comment dy moy cours tu si vistement
Du ciel en terre? & puis en vng moment.
Dedans l'enfer, & de l'enfer soubz l'onde?

    Comment peux tu courir par tout le monde
Si promptement? croyrai-ie que tu cours
Ainsy par tout? tu as les piedz trop cours,
La iambe courte, & qui ne peut encore
Porter ce corps qui ne voit que L'Aurore
De sa naissance: Et puis croyrai-ie Enfant
Que ton bras foible aille ainsy triumphant
De ce grand Dieu qui le tonnerre darde?

Qui soubz Aethna feit broncher Encelade,
Punit Titye, Ixion, Promethé,
Et ces Geans de leur temerité?
Tout n'est que fable, & pour ce temeraire
Ie combatray, & i'auray la victoire,
Si tu mes bas ces armes & ses feux
Dont tu remplys les mortelz, & les Dieux.

　　Amour respond. si ie quitte ces fleches,
Cet arc, ces feux, dont ie fau mille breches
Où il me plaist, comment pourray-ie nu
Combatre à toy qui as tant de vertu,
Et de pouuoir, & qui peux d'vne œillade
Où bien guerir, où bien faire mallade?

　　Mais si tu as de combatre desir,
Et de me vaincre vng extreme plaisir,
Ie brusle aussy que ie ne te saccage,
Callant l'orgueil de ce braue courage,
Qui ose bien par trop audacieux
Combatre en vain le plus puissant des Dieux.

　　Mais pour te plaire indontable guerriere
Ie mettray bas ma sagette meurtriere,
Si ton bel œil qui dans les cœurs reluit
Ardent & chaud, s'ennüe d'vne nuict,
Et que ta langue à charmer bien apprise
Mille brasiers dans mon ame n'attise.

　　Commençon donq cet estour qui me plaist,
Ie sille l'œil, & ma langue se taist,
Ce dict Europe ardente de combatre,
Combatre, ainçois ardente de rabatre
L'orgueil d'Amour, qui se vante si fort
Que mesme il a puissance sur la mort:

Mais ce finet, sans vuider la querelle,
Ce guinde en l'air au branfle de fon aiſle,
Fuit comme vent, & s'eſcrie eshonté,
Aſſés, Europe, aſſés peus ta beauté.

ELEGIE.

II

'A Y beau faire des Vers, & d'une douce rime
Tromper en me flattant la douleur qui me lime,
I'ay beau changer de forme en imitant Prothé,
Touſiours vng fol deſir me retient arreſté
Captif dans ſon cordage, & ie n'ay point de tréue
Que ie n'aye vomi le venin qui me gréue,
Dans ce triſte fueillet, & que ie n'aye auſſy
Faict reuiure Venus, qui vit par le ſoucy.

Comme on voit que le ciel eſlance ſa tempeſte
Sur le mont qui hautain va ſourcillant la teſte
Menaſſant Iupiter, & ne foudroye pas
Les fleurs d'vn beau iardin qui ſe tapiſſent bas:

Ainſy laiſſant mon rang, & forceant ma nature,
Penſant rompre le col aux rigueurs que i'endure,
Ie me feis Paſtoureau, & conduis aux herbis,
La houlette en la main, mes bouc, & mes brebis,
Cuidant pauure d'eſprit, que les cuiſantes peines,
Les maux, & les ennuys qui nous brouillent les veines,
Deſſechent la moüelle, & deſchirent le cœur,
Ne poign ſſent és hou l'eſtomac du paſteur,
Mais braues de courage, & bouffis d'arrogance
Contre les grand Seigneurs monſtraſſent leur puiſſance

Les prenaut à partie, & dontant irrités
Par la flame & le fer leurs esprits indontés.

    Toutefois le bel œil aucteur de ma misere,
Trop tard ie le cognois, m'enseigne du contraire,
Sage par ma fortune, & ie ne veux pourtant
Me bander contre l'œil qui me va tourmentant.
Desireux de mourir, pour puis apres reuiure
Par la flame d'amour qui brille dans ce liure.

    Et comme si la haut les astres, & les cieux
Ne rouoyent iour & nuict leurs grandz corps spacieux
Au tour de nostre terre, il faudroit ie m'asseure
Que les plus beaux effectz de la pauure Nature
Courrussent au naufrage en perdant leur beauté
Tant le destin fatal coue de cruauté
Contre l'humaine race, & brasse de nuisance
A ceux qui de bon cœur adorent sa puissance,
Reuerent son autel, & n'admirent sinon
Du matin iusqu'au soir la grandeur de son nom.

    De mesmes si tousiours les astres de Madame
Ne faisoyent leur carriere à l'entour de mon ame,
Or' luy donnant la nuict, or' luy donnant le iour,
Or' vng petit desdain, or' vne ardente amour,
Seroit faict que de moy, & ie mourois d'enuye
Si quand ie perdz son œil ie ne perdois la vye
Tenebreux de soucy, & ne viuois soudain
Qu'il esclaire gaillard l'horison de mon sein.

    Pollux comme immortel redonna la naissance
A Castor que la mort dontoit soubz sa puissance
Palle & desiguré, si bien que maintenant
De suitte apres son frere il vit au firmament.

    Pollux n'est rien sinon le bel œil de Madame,

Mon cœur, Castor son frere, abattu par la flame
Qui vient de trop aymer, car cet œil qui n'à rien
Que la diuinité, luy redonne son bien,
Le remet à son ayse, & luy rend vne vye
Qui combat par mes vers les Parques & l'enuye:
   Seulement d'vn seul point ilz different tous deux,
Car Pollux ne flamboye incessamment aux cieux,
Et l'œil à qui ie suis sans rebrousser carriere,
Faict tousiours dans mon ame ondoyer sa lumiere.

ELEGIE.

12

QVELLE riche despouille, & quel honneur dy moy
De ma deffaicte helas r'emportes tu chés toy
En ton palais d'Eryce? & Venus quelle gloire
Auras tu dans le ciel publiant la victoire
D'vn homme qui se rend, & met les armes bas,
Aymant mieux que combatre endurer le trespas,
Et mourir de plaisir, que mutin par enuye
Au milieu de tes dardz precipiter sa vye?
Tu ne deuois Déesse auoir à ton costé
Le petit Dieu d'amour dont ie suis tourmenté,
Pour r'asseurer ta force: Hé bons Dieux quelle honte
De voir deux braues Dieux, dont le pouuoir surmonte
Les plus hardis du ciel, se bander contre moy?
Contre moy qui ne puis resister à l'esmoy
Qui m'assault dans le cœur, Las il falloit Cyprine,
Sans remparer de feux ta mignarde poictrine,
Et le petit costé de ton filz d'vn carquois

Qui bleſſe au ciel les Dieux, les beſtes dans les bois,
Les poiſſons dans la mer, les hommes ſur la terre,
Et meſmes les Eſpris que Phlegeton enſerre:
Me faire voir vng iour la belle à qui ie ſuis,
Belle qui plus me fuit, helas, plus ie la ſuys,
Et plus me faict de mal, plus ie ſuis à la geine,
Et plus s'empierre l'œil, plus elle voit ma peine.

    Mais faut-il ô malheur, ainſy comme ie ſens,
Que ma raiſon deceüe obeiſſe à mes ſens,
Et que ce bel eſprit qui paſſe outre la nüe,
Suiue bas de courage vng traiſtre qui me tue?

    Faut-il que pour vng rien cette braue raiſon,
Pour ſuiure vng appetit delaiſſe ſa maiſon,
Et ſoubʒ vng faux eſpoir ſe veautre dans la boue?
Eſpoir qui la ſeduict, & qui d'elle ſe ioue,
Et prend ſon paſſetemps, pour luy monſtrer comment,
Pour s'abaiſſer trop bas l'on perd ſon ornement.

    Helas en quel eſtat ſeroit l'humaine race,
Si contre ſon deuoir la Sphere la plus baſſe
Commandoit à la haute, & que la haute auſſy
Oubliant ſon pouuoir roüaſt ſoubʒ ſa mercy
L'on verroit la beauté de la machine ronde
R'entrer en ſon cahos, & la perruque blonde
Du gentil Apollon ne luiroit comme ell' faict,
Ains tout ſeroit au monde obſcur & imparfaict,
Sans ordre & ſans compas, & la mere Nature
Donneroit aux humains des biens à l'aduenture.

    Quoy ſi ce Iupiter le plus puiſſant des Dieux,
Abandonnant ſon foudre, abandonnoit les cieux,
Pour commander la bas, & que Pluton ſon frere
Traiettant à pied ſec ſa puante riuiere,

s'emparaſt de ce Troſne, où Iupiter ſouloit
Quand au conſeil priué les Dieux il apelloit,
Deliberer à part des choſes d'importance:
ſeroit-ce vng bel honneur d'abaiſſer ſa puiſſance,
Et ſon auctorité ſoubz ceux qui quelquefois
Ont tremblé ſoubz le ſon horrible de ſa voix?

Raiſon ſuy loing de moy, tu dois mourir de honte,
Si la Raiſon ſe meurt, faiſant ſi peu de conte
Du lieu de ta naiſſance, & ne t'eſleuant pas
Outre la faux d'airin de l'aſſeuré treſpas.

La terre te commande, & la puiſſance humaine,
le deſir, l'appetit, & l'ardeur qui nous geine,
Pour aymer follement, te trenent ſoubz leur loy,
Tu és ſubiecte au monde, & le monde eſt ton Roy,
Qui ſouloit obeir, quand braue d'aſſeurance
Tu reſemblois diuine au lieu de ta naiſſance,
Et marchois ſur le ventre à cette vanité,
Qui te retient eſclaue en ſa captiuité.

A des fiers eſtrangers tu as ouuert la porte,
Elize feit ainſy, qui reçeut la cohorte,
Et le reſte de Troye en ſon Royaume außy,
Elle mourut d'amour, ie mouray de ſoucy,
Trop foible pour reſpondre aux aſſautz qu'on me liure,
Mais ie cours à la mort, car ie ſuis ſoul de viure.

ELEGIE.

13

N ce point, ce me ſemble, erra l'antiquité,
Mariant à Venus, princeſſe de beauté,
Et Mere des Amours, vng Boiteux dont la face

Effroya tellement ses parens & sa race,
Que Iupiter son pere en fronceant le sourcy,
Le feit broncher des cieux en cette terre icy,
De Dieu faict Mareschal, qui forge le tonnerre,
Dont Iupiter estonne & l'enfer & la terre.

    Toutefois si ie tourne vng peu plus sagement
A l'entour de ce point mon petit iugement,
Comme le Soleil roüe autour de la marine,
Et qu'en aymant i'endure vng feu dans ma poictrine,
Ma raison librement icy confessera
Que i'etre, & que iamais l'antiquité n'erra.

    Vulcan suit sa Venus, pour monstrer que la flame,
Compagne tres-fidelle, accompagne nostre ame,
Et la suit comme amye en tous lieux dés le iour
Que Venus nous à mis dans le cœur son amour,
Sa rage dans les os, son traict dans la poictrine,
Pour aymer malheureux vne Maistresse fine,
Qui se mocque de nous, & ne nous veut guerir,
Mais nous faict par son œil reuiure & remourir.

    I'auois le cœur d'aymant, & l'estomac de glace,
Lourde masse de plomb de cette terre basse,
Sans me guinder par l'ame au lieu qui m'à conçeu,
Deuant qu'à porte ouuerte au cœur i'eusse reçeu
Le beau traict par lequel si hautement i'aspire,
Et par lequel icy doucement ie souspire
Mon amoureux ennuy, & me desbas de quoy
I'adore vne beauté qui ne veut point de moy.

    Mais bien que pour aymer ie sois plein de souffrance
Qu'Amour qui porte au front vne braue arrogance,
Me mette aux mains le fer, & au col le carcan,
Et que ie sois rongé du brasier de Vulcan,

Toutefois il me plaist en mourant de le suiure,
Et puis que par la mort ce feu me faict reuiure.

   Incontinant qu'Alcide eut du bois alumé,
Et qu'il eut par la flame aysément consumé
Ce qu'il auoit de terre, & de peu de durée,
Il monta bien heureux dans la voute ætherée,
Immortel & diuin ainsy comme les Dieux,
Puis en ioye espousa Hebé dedans les cieux,
Dont il iouyt paisible, & au lieu de sa flame,
D'vn plaisir amoureux il contenta son ame,
Nous voulant enseigner qu'apres vng long tourment
On reçoit en amours quelque contentement:

   Ainsy tout aussy tost qu'Amour & ma constance
Auront par leur brasier consumé ma naissance,
Et tout ce qu'il y à dedans moy de mortel,
Mon ame de qui l'estre est au ciel immortel,
Yra dedans les yeux cœlestes de Madame,
Vrais Paradis d'Amour, pour viure par la flame
D'vne amitié diuine, & iouyr bien heureux
Du thresor que merite vng fidelle amoureux.

   Bien qu'à tous mes desseins le ciel me soit contraire,
Que i'aye les parens, & le sort aduersaire,
La fortune ennemye, & que pour aymer bien
Mon Amour, & ma foy ne me promettent rien,
Qu'vne cruelle mort, toutefois l'asseurance
Que i'ay qu'Amour retient Europe en sa puissance,
Esclaue soubz ses fers, me donne quelque espoir,
Autrement plein d'Amour i'yrois au desespoir,
Et mourois de regret, de colere, & d'enuye.
Qu'vn ieune sot pillast le thresor de ma vye,
Et cette fleur des fleurs, & cette perle aussy,

Dont i'entretiens constant mon amoureux soucy.

　　Bien que mesme Venus me soit comme inhumaine,

,, Toutefois le plaisir qui vient auec la peine

,, Est plus doux à nos maux millefois, que celuy

,, Qu'Amour nous faict auoir aysément sans ennuy.

ELEGIE.

14

S I auoir dedans l'ame vne saincte amitié
Doit esmouuoir le cœur d'vne fille à pitié,
Si viure dans l'espoir, mourir dans la constance,
Viure & mourir de soing captif soubz la puissance
D'vn œil qui me surmonte, & m'emporte mon cœur
Merite qu'on pouruoye à ma longue douleur :
　　Europe à la parfin deuiendra pitoyable,
Et d'autant que ie suis maintenant miserable,
Et pour languir d'Amour chetif & langoureux,
Ie seray quelque iour contant & bien-heureux,
Satisfaict de mes maux: & croy que si i'espere,
Car l'espoir peut beaucoup, ie pourray de ma fiere
Corrompre cette humeur qui norrit sa fierté,
Et luy plante cruelle au cœur la cruauté,
Ialouse de mon bien, & empesche rebelle
Qu'à huis ouuert ie n'entre aux graces de ma belle,
Que ie ne sois aymé, & ne cueille le fruict
Que ce fier Dragon garde & de iour & de nuict.
　　Huict-ans ont ia franchi leur carriere empennée,
Depuis que ma raison doucement enchesnée
Obeist à l'Amour, & pour vne beauté,

Le miracle du ciel, perdit ma liberté,
M'engagea soubz la foy d'vne maistresse braue,
Et de franc que i'estois me rendit son esclaue,
Constant en ma fortune, & ardent de souffrir
Pour celle qui me tue, & ne me faict mourir.

 Qui voit au cœur d'hyuer sur le bord du riuage
Vng vieil chesne esbranché resister à l'orage,
Rembarer sa puissance, & sans bouger du bord
Se mocquer de son ire, & rompre son effort:

 Il voit aussy mon cœur qui ferme par sa force
Combat contre les vens du malheur qui s'efforce
De le faire broncher, & puissant par sa foy,
Casse facilement tout amoureux esmoy,
Toute forte tempeste, & tout sinistre orage
Qui poursuit sa constance, & son gentil courage,
Qui ne se peut flechir, ains espere qu'vn iour
Il flechira sa Dame ardente à son amour:

 Sisyphe le voleur ronflant à grosse haleine,
Suant & halletant au millieu de la peine,
Roule de l'estomac aux enfers vng rocher,
Et sitost que le roc se veut comme approcher
Du sommet desiré, le Destin qui ennuye
Du pauure Aeolien le repos & la vye,
En despit du rouleur renuerse le fardeau,
Si que ce malheureux r'empoigne de plus beau
Et de bras & de sein ce roc qui le bourelle,
Et entretient ainsy vne peine eternelle.

 De mesme quand ma foy à roulay longuement
Le grand rocher d'Amour qui cause mon tourment,
Et que ie l'ay guindé au lieu que ie desire,
Amour qui prend plaisir de me voir en martyre,

Et viure miserable au milieu du trespas,
Me le rauit des mains, & le tresbuche à bas,
Puis tost ie le repren, & remply d'asseurance,
I'esprouue de nouueau ma force & ma constance,
Indontable à la peine, & ne redoute rien,
Amoureux & hardy, pour receuoir du bien.

L'Itaquois Laertide en despit de fortune
Sillonna bien vingt-ans l'empire de Neptune,
Errant & vagabond ainsy qu'vn estranger,
Qui vogue çà & la, & ne sçait où loger,
Et toutefois poussé d'vne belle asseurance,
Quand moins il esperoit, cogneut sa deliurance,
Eschappé du naufrage, & perdant sa raison
Prisonnier se vint rendre aux piedz de Calypson,
Qui receut en son Isle aysément cest Vlysse,
Qui finet luy presente aussy-tost son seruice,
Captiuant & captif, & qui depuis ce iour
Aymant trop follement mourut de trop d'amour.

Esgal à ce Gregois huict-ans & d'auantage
Me retienent pendu au milieu de l'orage
D'vne mer amoureuse, & ferme comme luy
I'espere de la ioye apres vng long ennuy.

ELEGIE.

15

A MARTIAL DVMONT, Limosin.

I i'aymois, ce dict-on, ainsy qu'il faut que i'aye
Cet œil Sidonien centfois plus que moy mesme,
I'employrois cet esprit qui remplit l'vniuers

Et d'escrips, & de cris engraués en mes vers,
A trouuer le moyen par ruse & par finesse
De voir de iour à autre en secret ma Maistresse,
Luy discourir d'amour, luy dire mon esmoy,
Et sçauoir si elle ayme autant où plus que moy.

L'ame au chemin d'aymer est follement guidée,
Quand nostre amour n'est rien qu'vne mentale Idée,
Qu'vne conception, qui meurt, & qui renaist
Autant que l'esprit veut, & autant qui luy plaist.

C'est fonder son desir du tout sur l'inuisible,
C'est ce feindre possible vne amour impossible,
C'est s'appuyer sur rien, & de rien desirer
Vng rien qui pour vng rien nous faict tant souspirer,
Bref c'est fantastiquer, au lieu d'vne Cythere,
D'vne vraye Maistresse, vne vraye Chimere:

Mais bien mon cher Dumont, mais bien que celle la
Qui en me reprenant si sagement parla,
Selon l'humanité, & selon l'apparence
Aye de cette affaire vne entiere science,
Toutefois puis qu'aux yeux de la fragilité
N'apparoist point l'esprit de la diuinité,
Et que son action du tout incompassée
Ne tombe soubz le sens, ainçois soubz la pensée,
Il ne faut s'estonner si ie n'ay pour obiect
Deuant les yeux du corps vng cœleste subiect,
Qui fuit les sentimentz, & ne voit que la flame
Qui n'aist de nostre Idée, & du feu de nostre ame.

C'est Element de feu qui s'approche des cieux,
Ne tombe estincelant soubz les rays de nos yeux,
Ains rare en sa nature, & rare en sa lumiere,
Visible à nostre esprit parfournit sa carriere.

Pour cela l'ignorant ne croit qu'vn feu si chaut
Sans embraser les cieux aille ondoyant la haut,
Inuisible à la terre, & aux yeux d'vne masse,
Qui tirant des cailloux sa naissance & sa race,
Rude, fort mal apprise, & lourde rien ne croit,
Soit qu'on parle de Dieu, si elle ne le voit.

    Le brasier, & l'obiect, las pour lequel i'endure,
Pour lequel ie compose, est de mesme nature,
De mesme qualité, dont l'estre & l'action
Tombe tant seulemeut soubz la conception,
Et puis ce sainct brasier diuinement n'emflame
Que l'œil de nostre Idée, & l'ame de nostre ame.

    Où ceux qui seulement iugent par le dehors,
Qui ne remarquent rien que par les yeux du corps,
Me reprenant d'amour monstrent en euidence
Qu'ilz n'ont d'vne amour vraye vne vraye science.

    Pour moy, puis que le ciel me le permet ainsy,
Ie veux aymer de l'ame, & voir de l'ame aussy,
Esperant quelque iour auec vne parole
D'adoulcir la rigueur de celle qui m'affolle,
Qui me rend son forçaire, & fiere me faict voir
Maintenant l'esperance, & puis le desespoir.

    Certes ce qui me tüe en mou amour diuine,
Ce qui le plus me poingt l'esprit & la poictrine,
C'est que de sur son front cognoistre ie ne puis
Si elle est amoureuse ainsy comme ie suis,
Car vrayment vne amour qui n'est pas mutuelle,
Estant comme en besace, infiniment bourelle.

    Ie ne ferois estat de la gentille ardeur
Dont le berger Troyen bouillonnoit dans le cœur,
Et dont il entreprit hardy telle merueille,

Sans l'espoir qu'il auoit d'vne amitié pareille.

Mais comme i'ayme Europe, & la voy de l'esprit,
Aussy d'esprit ie croy qu'Europe qui me prit,
N'eust voulu dans ses lacqz subtilement me prendre,
Sans vouloir à moy-mesme en me prenant se rendre.

Or' tu recognoistras Dumont par cet escrit
Que tu és bien graué au roc de mon esprit,
Et que bien que tu sois bien loing, ie ne t'oublie,
Viuant dedans mon cœur tant que i'auray la vye,
T'asseurant de ma foy, & de mon amitié,
Et de moy que l'estude à seulement lié.

Fin du Troisiesme Liure des
Amours d'Europe.

LE QVATRIESME LIVRE
DES AMOVRS D'EVROPE.

ELEGIE.

I

VIVRE *&* mourir, geler dedans la flame,
Brusler au froid pour vous seruir Madame
Ainsy qu'vn Dieu, chercher allegement,
Et patience au milieu du tourment,
*S*ont les plaisirs dont i'entretiens ma vye,
*D*epuis le iour que mon ame asseruie
*D*essoubz vostre œil, vous ayma plus que moy,
*V*ous honorant comme vng serf faict son Roy.
  Helas qu'heureuse est la trouppe ætherée,
*B*rigade saincte à iamais bien heurée,
*Q*ui tourne libre, *&* franche des amours,
*P*r'ça, or' la se reuire en dix tours.
  Et bien qu'elle aye à guider sa cadance,
*V*ne eternelle, *&* simple Intelligence,
*P*leine d'esprit: Toutefois doucement
*E*lle chemine, *&* naturellement,

Et en son lieu tousiours elle se tourne,
Car l'action du Diuin ne seiourne.

   Moy malheureux, ains plustost amoureux,
Fol, miserable, insensé, langoureux,
Ie suis captif, & ie ne sçrois faire
Que ne controlle vne douce aduersaire
Mes actions, & ne range dontés
Dessoubz sa main toutes mes volontés.

   Depuis que i'ay cette ingrate suiuie,
Ie n'ay tourné les courses de ma vye
Qu'en seruitude, & n'ay iamais reçeu
Las pauure moy, qu'vn trespas plein de feu,
Feu qui reduit mes Idées en cendre,
Pour d'vn cœur haut hautement entreprendre.

   Ce temeraire, & pauure Phaëton,
Portant à peine vng poil d'or au menton,
Cent fois plus fier de cœur & d'arrogance,
Ieune esuenté, qu'il n'estoit de puissance,
Et de sagesse, hardy osa mener
Ces grandz Coursiers qui nous font estonner,
Qui font le tour, & d'vne œillade claire
Versent ça bas aux humains la lumiere.

   Mais Iupiter pere de l'équité,
Paya ce sot de sa temerité,
Noyant en l'eau, qui les Lombardz embrasse,
De ce beau filz & le viure, & l'audace,
Qui maintenant braue d'vn tel renom
Retient encore & le corps & le nom.

   Infortuné, ainsy comme il me semble,
A Phaëton en amour ie resemble,
Audacieux, hautain en mes espris,

Chaud à guider les pigeons de Cypris,
Pefant fardeau, iufques dans Amathonte,
Mais le diuin qui noftre humain furmonte,
Me fit broncher, & baftit mon tombeau,
Iufte guerdon, dans le centre d'vne eau
De cruautés, me faifant à cognoiftre
Las que i'eftois trop foible de mon eftre,
Et qu'il ne faut que noftre humanité
Superbe attente à la diuinité.

　　Et toutefois vne humeur amoureuſe
Doit eftre prompte, hardye, audacieuſe,
Haut efperer, ne penfer rien de bas,
Et pour iouyr ne craindre le treſpas:
Auſſy touſiours la lubrique fortune
Ayde à celuy qui fouuent l'importune,
Enflé d'audace, & bruflant dans le fein,
Ce qu'il pourfuit luy volle de la main.

　　Où bien fouuent elle eft malencontreuſe,
Contraire, dure, inique, defaftreuſe
Au cœur timide, & fans ceffe reduit
Tous fes confeilz en des fonges de nuiſt.

　　Ie veux donc eftre en amour plein d'audace,
I'auray fon cœur, fon amour, & fa grace,
Et fi iadis i'ay fouffert du tourment,
Hardy i'efpere auoir contentement.

ELEGIE.

2   A. M. D. B.

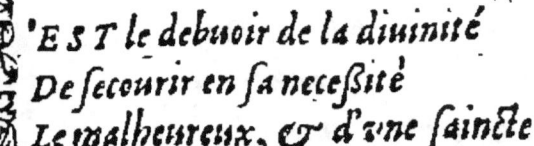
'EST le debuoir de la diuinité
De fecourir en fa neceſſité
Le malheureux, & d'vne fainſte cure,

D'vn sage soing dementir Epicure,
Meschant Athée, & luy monstrer que Dieu
Pere preside aux hommes en tout lieu.

Vous donc qu'vn Dieu à faict naistre en ce monde,
Vous qui à vous n'aués point de seconde,
Seule en essence, & en perfection,
De certe terre & l'ame & l'action,
A moy chetif, mourant, & miserable,
Troublé d'amour monstrés vous pitoyable.

Depuis huict-ans, que maudit soit le iour
Qu'Amour me fit conceuoir cette amour,
Ieune d'esprit la princesse Erycine,
A faict ramper vng feu dans ma poictrine,
Feu qui me donne & le doux, & l'amer,
Le doux de Cypre, & l'amer de la mer,
Mer qui bailla à Venus sa naissance,
Quand dans les flotz la feconde semence
Du ciel son pere à gouttes deuala,
Blanche elle yssit, puis dans sa conque alla
Dedans Cythere, où le peuple à grand presse
Baisa les piedz d'vne telle Déesse,
Luy fit vng Temple, & n'adora sinon
Ferme & pieux son autel & son nom.

Depuis ce temps la fiere Destinée
Ne m'a donné vne bonne iournée,
Tousiours cruelle, & iamais ie n'ay peu,
Dure influence, adoucir ce grand feu
Qui met mon corps & mon amour en proye,
Faisant de moy ce que l'on fit de Troye.

I'ay curieux cherché & recherché,
De peur, de soing iournellement faché,

De deceler mon ardeur à ma belle,
Comment son œil amoureux me bourrelle,
Mais las en vain, le ciel qui tout conduit,
Pas apres pas en mon malheur me suit:
Si qu'auiourd'huy douloureux ie n'espere
Aucune paix en ma longue misere,
Desesperé, helas pour esperer
Vng bien qu'Amour m'à tant faict desirer.

Et si tu n'és fauorable à ma peine,
Humaine autant qu'Europe est Inhumaine,
Ie mouray pauure, & pour la trop aymer
Tu me verras en vng rien consumer.

Elle est semblable à la dure Athalante,
Au pied leger, à la legere plante,
Prompte à la course, ayant la cruauté
Autant au cœur qu'au pied la liberté.

Et moy ie suis comme fut Hypomene,
Le trop d'amour me conduit & me meine
A vne rage, & ie ne sçay comment
Ie donneray secours à mon tourment:
Ie crains la mort, & toutefois fidelle
Ie meurs le iour cent fois pour l'amour d'elle,
Ie crains son pied, & sa legereté,
Ie crains sa main pleine de cruauté.

Bref ie crains tout, si ta douceur aymable
Las ne retient son ame inexorable,
Comme Venus d'vn present plein d'appas
Prit d'Athalante & le cœur & les pas.

Iette luy donc ma Déesse vne pomme,
Pomme qui charme vne femme & vng homme,
Pour arrester la course de son pré;

Et luy verser en l'ame vne amitié
Pleine de foy, & d'vne flame belle
Faire ondoyer vne ardeur mutuelle
Dedans ses os, & ainsy tous les iours
Mourir & viure en semblables amours.

    Si tu me fais ma Cypris cette grace,
Tousiours l'honneur de ta gentille face
Viura au monde, & mon vers bien chanté
Te guindera à l'immortalité.

ELEGIE.

3

MOVR, Amour que ie serois heureux,
Si ie n'estois pensif, & amoureux,
Ainçois Gaillard, disant veuf de martyre,
Bon compagnon tousieurs le mot pour rire,
    Mais ie ne puis, vne meschante humeur,
Noire, songearde, ondoyante en mon cœur,
Et le portraict d'vne figure vnique
Me rend resueur, Saturne, fantastique,
Hors de moy mesme, & si bien ie la suys,
Que ie ne suis helas ce que ie suis,
Priué d'esprit, tant peut desur vne ame
Le chaste feu d'vne pudique Dame.

    Mais las pourquoy, sage aux despens d'autruy,
Enragément reçoyte de l'ennuy,
Et du chagrin d'vn Enfant qui me braue?
Qui me maistrise, & me rend son esclaue,
Cruel Tyran, & ne cesse iamais

Qu'il n'ayt tiré dans mon cœur tous ses traictz,
Paßionné, malheureux, miserable,
Le but du ciel, du vulgaire la fable,
Pauure insensé, furieux en esprit
Depuis qu' Amour & sa rage me prit.

    Heureux trois-fois celuy qui se faict sage
Par le brasier, où bien par le naufrage
De son voisin, mais que ne suis-ie ainsy:
En tout plaisir ie viurois sans soucy.

    I'entens sans cesse au tour de mon oreille
Vng long souspir, vne douce merueille,
Vne harmonie, & vng esclat ietté
De paßions, vne captiuité,
Vne mort dure, & mille & mille peines:

    I'enten le souffre orager dans les veines,
Impatient, crier à la pitié,
Louer, & puis blasmer vne amitié,
Rauy d'esprit, & d'vn sens frenetique,
D'vn cœur mal sain enleuer Angelique
Iusques au ciel, & d'vn vers glorieux
Braue la faire asseoir entre les Dieux.

    Rien pour cela ne donte ma folie,
Certes par trop me plaist ma maladie,
Ayse en ma perte, ayse qu'apres mon sert,
Heureux ie viue en despit de la mort,
Car rien ne faict sitost vng mort reuiure
Que faict l'amour plus dure que le cuiure.

    Et ce qu'on dict de ces freres Iumeaux,
Lumiere aymable, agreables flambeaux
Aux nautonniers, qu'ilz se meurent de suitte,
Que l'vn dans l'onde au soir se precipite

Priué de feu, quand l'autre radieux
Drille effecté par le temple des cieux,
N'eſt rien ſinon qu'vne amitié fidelle,
Qui meurt pour viure ainſy perpetuelle.

    Ce qui me trempe en mon ardente ardeur,
Frappé d'vn traict de rage & de fureur,
Elle me iure vne amour perdurable,
Par ſa Venus, Déeſſe venerable,
Par ſa Iunon, par ſon cœur, par ſes yeux,
Par tous les cieux, & puis par tous les Dieux,
Sacré ſerment, qu'il ne faut pas enfreindre
Sans chaſtiment, au mortel qui ſçaict craindre.
Mais le premier du Pallais eſtoillé
Se moque au ciel du ſerment violé
Des amoureux, & hautain ſe courrouce
Qu'vn tel deſir de la terre les pouſſe
A vng deſordre, & commande effronté
A la raiſon, & à la volonté.

    Et toutefou ce grand Iupiter meſme
Eſt deſcendu de la voute ſupreſme
Chaud de l'amour, & portant vng flambeau
Au ſein, apris la forme d'vn Taureau,
Eſpris d'Europe inuincible pucelle:
Doncques ie puis auoir pour l'amour d'elle,
Libre de crainéte vng ennuy ſoucieux,
Ferme riual du plus braue des Dieux.

ELEGIE. 4

V me plaiſt ſeule, & ſeule dans la ville
De toute race, & de toute famille,
Et de tout lieu, tu és belle à mes yeux:

Ce nez traitif, ce regard gracieux,
Ce doux maintien, ce ris ineuitable,
Tout plein d'appas, cette voix agreable,
Pleine de succre, & cette tresse d'or,
Ce sein pommé, & tout cela encor',
Qui mes pensers sans y penser me charme,
Me font mourir, & me volent mon ame.

   Mais pleust à Dieu, & à ta Deité,
Qu'à moy seul pleust ta diuine beauté,
Trop en mon cœur profondement empreinte:
Desplais à tous , & ie viuray sans crainte.

   Quand ie n'auray pour Maistresse que toy,
Quand tu n'auras pour seruiteur que moy,
De sur l'esmail tapissé des vallées,
Dans les forestz aux peuples recellées,
Qu'vn pied mortel n'aura iamais souillé,
Ie puis bien viure en mes larmes mouillé,
Dedans mes pleurs, qui terminent ma vye,
Voyant ensemble, & la hayne & l'enuye,

   Au plus profond des ombres ta beauté,
Soleil d'amour, seruira de clairté
A mon erreur, & loing de toute presse
Tu me seras comme vne trouppe espesse.

   Que si le sort a mon mal gracieux,
Doux m'ennuoyoit vne Dame des cieux,
Seroit en vain, & Amathonte mesme
Ne changeroit vne foy si extresme.

   Ie te le iure Europe par le nom,
Et par l'autel sacré de ta Iunon,
Diuinité que sur tout tu reueres,
Ie te le iure encor' par ces lumieres,

Et par ce chef, & par ce iour heureux
Qui le premier me rendit amoureux.

Mais ie suis bien agité de manie,
Enragément la rage me manie,
Seur du tourment, d'amour mal-asseuré:
Helas pourquoy ainsin ayie iuré,
Et pour me mettre à iamais en seruage,
Ayie donné ma liberté pour gage?

Fol que ie suis, permettant que l'Amour
Bandant mon œil me derobast mon Iour,
Pour faire apres d'vne certaine fleche,
Quidée au doigt, vne certaine breche.

Or' tu seras plus forte en mon tourment,
Et ton feu plus audacieusement
Me bruslera : ma langue trop legere,
Prompte me trame ainsy cette misere.

Or' ie feray tout ce que tu voudras,
Ce que de voix tu me commanderas,
Ce que de l'œil, & ie seray sans cesse
Ton seruiteur, tu seras ma Maistresse,
Heureux de tendre & la nuque & le col
Au doux lien de l'amoureux licol,
Et de Venus, Princesse redoutable,
A l'inconstant, au constant fauorable.

ELEGIE. 5
A PIERRE POYRIER.

 ETIT Orphée, Enfant de Calliope,
Sacré mignon de la gentille troppe
Lybetrienne, entend ce que de toy

Ie m'en vois dire en me plaignant de moy.

Quand le bel œil de ma belle guerriere
Fier ne se veut flechir par la priere,
Fille de Dieu, qui d'vn langage doux
Seule rabaisse vng cœur gros de courroux,
Et que mes pleurs tesmoingz de mon seruage,
Ne cauent point le roc de son courage,
Priué d'espoir aussy bien que d'amour,
Pour mieux tromper moymesmes & le iour,
Impatient tout blesme ie te prye
De r'appeller & mon ame & ma vye,
Qui m'abandonne & delaisse les cieux,
Par les accordz d'vn Lut harmonieux,
Ainsy qu'Orphé d'vn air bruslant de flamme
Redonna l'ame, & le monde à sa femme.

Toy qui me plaindz, qui sçais qu'vn amoureux,
Car ie t'ay veu quelquefois langoureux,
Passionné n'à rien que de la peine,
Battu, froissé, esclaue de la geine,
Obiect du mal, touché iusques à l'os,
Las ne prenant n'y repas, n'y repos,
Tu prendz en main ton lut, puis tu l'accordes,
D'vn ordre egal frappant toutes les cordes
De la main dextre, & voyant si le son,
Sondé du doigt promet vne chanson
Pleine de ioye, amoureuse, agreable,
Comme y l'à faut à l'homme miserable.

Puis quand le Lut resonne comme il faut,
Harmonieux n'y trop bas n'y trop haut,
Sa panse creuse entonne vne merueille
De tons diuins qui m'enchantent l'oreille,

Tirant ainſy que l'aymant faict le fer
Mon eſprit hors de l'amoureux enfer.

Et quelquefois auec ces harmonies
Diuinement cent langues tu manies,
Couppant menu d'vn ſouſpir doucereux
En diſcordant mille accordz amoureux.

I'entens fort bien cela que tu veux dire,
I'entend ta voix qui doucement ſouſpire:
Berthrand dis-tu, comme tu ſçais tres-bien,
Faut eſtre ferme, où bien n'eſperer rien:
L'Amour ne vit ſinon par l'eſperance,
D'elle elle prend le point de ſa naiſſance:
Eſpere donc, en eſperant ainſy
Tu donteras Europe & ton ſoucy.

Il n'y à rien que le Temps ne ſurmonte,
Il adoulcit les Tygres, & les donte,
Les rend benins, & d'vn licol dontés
Tient en ſa main toutes leurs volontés

Le Temps abat vne ſuperbe ædifice,
A bat les tours, abat le frontiſpice,
Porte, & muraille, & renuerſe à fleur d'eau,
Audacieux en la mer, vng vaiſſeau.

Le temps peut tout, d'vne matiere immonde,
Miracle grand, il faict vng petit monde,
D'vn cœur farouſche il en faict vng benin,
Il faict auſſy d'vn eſprit ſœminin
Tout ce qu'il veut, burinant dans ſa cire
D'vn traict d'airin vng amoureux martyre.

Donc ne te ronge inceſſamment d'amour,
Attend le temps, il te donra le iour
Où tout d'vn coup tu auras le ſalaire

Dont on guerdonne vng amant qui espere:
Atant cessas, delaissé de ton Dieu,
Ie sors la porte, & ie te dis Adieu.

ELEGIE.
6

NCESSAMMENT vostre amour ie respire,
I'ay de la foy ainsy que du martyre,
Tres asseuré en mon soing vehement,
Bref ie compose, & ie meurs doucement.
On dict qu'Amour porte autour de l'aisselle,
Leger & prompt vulgairement vne aile,
D'esprit volage aussy bien que du dos;
N'ayant le corps ny l'esprit en repos:
Qu'il vole au ciel où son arc il deserre,
En l'air, & l'onde, aux enfers, en la terre,
Dieu de finesse, & que d'vn bras d'Enfant
De tout le monde il se faict triumphant,
Et que petit sa puissance est si grande
Que bas & haut fierement il commande.
Et toutefois quand son traict il trempa
Dedans mon sang, ses ailes il couppa,
Ne volant plus, si bien qu'ores sans cesse
D'vn petit monde il tient la forteresse,
Comme Alexandre enuoya quelquefois
Par sa vertu la terre soubz ses loix.
Il à si fort enterré sa racine,
Entrelassée, au fond de ma poictrine,
Et de mes os, que personne que moy

Ne l'à pour hoste, & pour seigneur chés soy.

Ie souffre seul sa fiere Tyrannie,
Ie languis seul attaint de sa manie,
Et seul ie suis au monde malheureux,
Ainçois ie suis seul au monde amoureux:
Car si quelqu'vn aymoit ainsy que i'ayme,
Madame auroit aux os vng feu extresme,
Bruslant d'amour: vne telle beauté
Doibt en aymant perdre sa liberté.

Mais vne hayne enuironne sa face,
Elle à le sang, & le foye de glace,
Fille de l'Ourse, & du Septentrion,
Ayant au front bien peu d'affection,
Beaucoup de ruse, & norrissant en l'ame
Ie ne sçay quoy qui doucement me charme,
Et bref plustost elle voudroit mourir
Qu'aymer cruelle vng homme, & le guerir.

Ainsy ie pers mes veilles, & ma peine,
Ainsy ie sers vne douce inhumaine,
Desesperé, furieux en esprit,
Voire plustost furieux en escrit,
Car qui lira mes vers sans ialousie,
Sain du cerueau, dira ma poësie
Pleine de rage, yssant d'vn braue cœur,
Qui suit l'amour aussy bien que l'honneur,
Et qui hautain souhaitte que sa gloire
Viue eternelle au temple de Memoire.

Tous mes souspirs ne sçauroyent l'esmouuoir,
Amour ne peut luy faire conceuoir
Son amour mesme, & si froide est sa grace
Que d'vne flame elle en faict vne glace,

Muant le feu en vng froid vehement :
,, Car le Diuin agit diuinement.
    Cette farouche & rigoureuse fille
En cruauté resemble à vng Perille,
A Phalaris, & à tant de Tyrans
Qui ont vescu tant de centeines d'ans.
    Bien Phalaris, bourreau de la nature,
Tygre cruel, amateur de l'iniure,
Le miserable eslançoit au Taureau,
A celle fin que cet accent nouueau,
N'approchant rien de la parole humaine,
Creust sa rigueur, en augmentant la peine
Du patient, & Phalaris traittoit
Iniustement, Iniuste qu'il estoit.
    Elle de peur d'entendre ma complainte,
Et la douleur de sur mon front empreinte,
En mille lacqz mille fois enrethé,
Dans le Taureau cruel de sa fierté   &
Elle m'enferme, à fin que plus à l'aise
Ce grand Taureau la carresse, & la baise,
Voleur l'emporte en mer secrettement :
Et ce pendant ie meurs iniustement.

ELEGIE.

7

PLVS ie suis doux, & plus tu m'és cruelle,
Plus ie me monstre en ton amour fidelle,
Plus tu és ferme en ta legereté,
Tousiours courant comme vne Deité

Ce grand Platon que tout le monde nomme
Vng Dieu caché soubz la forme d'vn homme,
Cecropien, & sage appelle Dieux
Ces grandz flambeaux qui glissent par les cieux,
Qui d'vne course immortelle & legere
De l'horison franchissent la barriere,
Subiectz au change, & pleins de liberté
Errent ça la d'vn cours illimité.

    Si donc ton cœur, d'vne course empennée
Court inconstant, maugré la destinée,
Dedans le ciel de mon affection,
Aymant le change, & non la passion,
Qui ne dira diuine sa nature
Qui brusquement se tourne à l'aduenture,
Et sans respect du Prince de l'amour,
Change & rechange ainsy que faict le Iour?

    En ton amour au miroir tu resemble,
Qui clair reçoyt cent visages ensemble,
Et laidz & beaux, naturelz, & fardés,
Fardés pour estre en marchant regardés,
Car le cristal glacé de ta poictrine,
Qui tient captiue vne essence diuine,
Reçoit volage ainsy que le miroir
Mille subiectz qui vont au desespoir,
Ialoux d'enuye, & ne demeure empreinte
Long-temps en l'ame vne amitié si feinte.

    Bref tant de feux ne carrolent aux cieux,
L'on ne voit tant, de Dieux & demy-Dieux
Dans ce haut temple, & n'y à tant d'areine
Dans le païs sablonneux de Cyrene,
Qu'en ton esprit tu as de volontés,

De changementz, & de diuersités,
D'opinions, ne demeurant vne heure.
Ferme à celuy qui ferme te demeure,
Mort pour t'aymer, & qui se plaist aussy
D'ainsy mourir s'il te plaisoit ainsy.

    Mais s'il n'y à qu'vn Apollon au monde,
Qu'vn Iupiter au ciel, & dedans l'onde
Qu'vn seul Neptune, & que sur Phlegeton
Audacieux commande vng seul Pluton,
Si nous n'auons qu'vn esprit, & qu'vne ame,
N'ayons aussy Europe qu'vne flame,
Qu'vne amitié, & tous deux n'estant qu'vn,
Heureux bruslon soubz vng Hymen commun,
Hymen helas que i'ayme & que i'adore,
Et que i'appelle au mal qui me deuore.

    Pourquoy vois tu en ce corps ramassé
De toute chose, vng ordre compassé,
Tousiours constant, & qui bien que tout change,
Tres asseuré ne court iamais au change ?

    Pourquoy vois tu vne si bonne paix
Parmy le ciel, qui ne bronche iamais,
Et le Soleil d'vne carriere vnique,
Et reguliere aller soubz l'Ecliptique?

    Pourquoy vois tu le flux & le reflux,
Moins ne decroistre, aussy ne croistre plus
Que de coustume, & ferme à l'aduenture
Ne varier de cours n'y de nature?

    Dy n'est-ce pas d'autant que cet Esprit
Infus par tout, seulement le regit,
Seul le gouuerne, & n'à dans son Empire
Quelqu'autres Dieux ardentz à contredire?

Donques ayons seulement vne foy,
Vng cœur, vne ame, vng seul Amour pour Roy,
Vne humeur mesme, & vne Sympathie,
Et vng lien qui sainctement nous lie,
Cruelz Censeurs de tant de volontés,
Hydres de hayne, & de diuersités,
Et telle amour de tout point mutuelle
Saincte à iamais sera perpetuelle.

ELEGIE.
8
A PIERRE TRIPSE,
son Præcepteur.

RIPSE' l'honneur de la trouppe Aonide,
Qui as gouté de l'onde Aganippide,
Docte Peëte, escoutte librement
Ce que tu m'as enseigné doctement,
Quand tu monstrois, libre de toute enuye,
Les beaux secretz de la Philosophie,
Philosophie, où gist nostre seul bien,
Qui ne redoutte, & qui n'admire rien.

  Deuant le ciel qui toute chose embrasse,
Deuant la terre, & la mer, & la race
Des nations, y auoit vng pourtraict,
Si l'on doit dire vng pourtraict qui n'à traict,
Couleur, n'y grace, en toute la nature,
Cahos de nom, vne matiere dure,
Incompassée, vng meslange imparfaict,
Rude, difforme, & sans aucun effect,

Cymmerien, auquel estoyent encloses
Confusément les naissances des choses.
　Encor' Titan d'vn flambeau radieux
Clair ne drilloit dans le cristal des cieux,
Et tous les mois la Lune vagabonde
Ne decroissoit, ny ne croissoit au monde,
Ores monstrant vng corps bien limité,
Or' vne corne ainsy qu'vn arc vouté:
　En l'air aussy ne pendoit nostre terre,
Ferme en son poix, & l'onde qui enserre
Tous les mortelz, ne les enserroit point,
Et n'y auoit de centre n'y de point.
　Ce qu'on habite estoit inhabitable,
La mer estoit encore innauigable,
L'air sans lumiere, & le froid sans froideur,
Le feu sans chaud, l'humide sans humeur,
Bref ce Cahos n'estoit qu'vne querelle,
Et de ce monde vne guerre eternelle.
　Amour premier sortit de l'Ambrion,
Et desbrouilla cette confusion,
Si nous croyons à ce diuin Orphée,
Qui d'Apollon auoit l'ame eschauffée.
　Le premier disie il confirma la paix,
Et octroya la place pour iamais
A chasque chose, il feit pendre la terre
Entre deux airs, que l'Amphytrite enserre,
Ferme de soy, il guinda l'air plus haut,
Plus haut encor' l'Element qui est chaut,
Subtil, leger, qui libre de rancune
Alla ranger soubz le ciel de la Lune.
　Mais ce grand Dieu qui vouloit animer,

Multiplier, l'air, la terre, & la mer,
Fit vng carquois, empenna vne fleche,
Secrettement rauit vne flameche,
La meit au bout de son traict aceré,
Puis en frappa d'vn coup démesuré
Le monde entier, remplissant sa poictrine
D'vn miel helas qui causa sa ruine.

  Las ie voudrois que cest obscur Cahos
Feust en son estre, or' i'aurois du repos,
Libre d'amour, & de cent mille peines
Fieres qui vont furrettant dans mes veines:

  I'espererois ce qu'il faut esperer,
Desirerois ce qu'il faut desirer
Auec raison, où cette amour legere
Me faict chercher ce que ie desespere:

  Ce bien me faict mourir & remourir,
Herbe, n'y ius ne me peuuent guerir,
Simple n'y mixte, & ta philosophie
Ne peut Tripsé m'oster cette folie
Hors du cerueau, celle que i'ayme tant
Me peut guerir & me rendre contant.

ELEGIE.

9

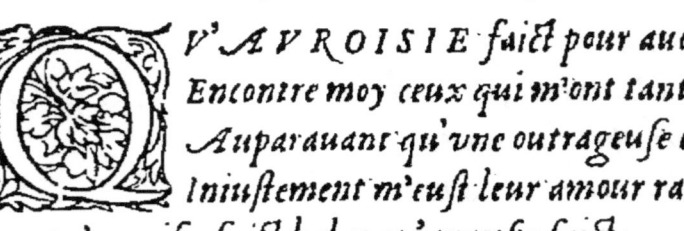

QV'AVROISIE faict pour auoir animé
Encontre moy ceux qui m'ont tant aymé,
Auparauant qu'vne outrageuse enuye
Iniustement m'eust leur amour rauye?
Qu'auroisie faict helas qu'auroisie faict

ans voir la cause hé i'en cognois l'effect,
ffect inique, effect inequitable,
hé d'vn subiect qui n'est pas veritable.

Souuant l'on hayt pour estre bien heureux,
Et vertueux le Prince & l'Amoureux,
L'vn pour son regne, & l'autre pour sa Dame,
L'on leur ourdit vne secrette trame
D'inimitié, car le meschant mal né
Creue de voir son voisin fortuné,
Aymé, chery, & pour son esperance
Cueillir vng iour la fleur de iouyssance,
Meurt de son ayse, & son auancement
Le poingt au cœur perpetuellement.

Nous sommes bien mon Rebours en cet aage,
Fier où fer nous doute le courage,
Aage felon, aage d'iniquité,
Pere de hayne, & d'infidelité.

Nous sommes bien faut que ie le confesse,
Reduictz au temps que la force traistresse,
Et enuyeuse à Iuppin ce meschant
Alloit le Sceptre à son pere arrachant,
Qui d'vne main fierement importune
Premier donna l'essence à la rancune,
Et enseigna aux hommes & aux Dieux
D'estre enuyeux, & d'estre vicieux.

I'ay mieux aymé que ie ne fais mon ame,
Ceux qu'vn rapport tres-faulcement enflame
Contre ma foy, & ie les ayme mieux
Que ie ne fais encore mes deux yeux.

Tousiours sera en mon esprit escripte
Leur amitié, & leur digne merite,

Et leurs bien faictz ie n'oubliray pour rien,
Et pour le mal ie souhaitte leur bien.
S'ilz ont erré, ilz ont par ignoranse,
Mais si benins ilz auoyent conscience
De leur rigueur, & de ma passion,
Renouuelant en moy l'affection,
Dont leur bonté las me souloit poursuiure,
Ores ie meurs, mais ie voudrois reuiure.

Ie ne m'estonne encor' que la rancœur
Secrettement glisse dans vostre cœur,
Et que l'erreur auec la ialousie
Palle commande à vostre fantasie,
La passion tombe en l'humanité,
Votre ialouse est la Diuinité.

Mars qui à l'ame & genereuse & fiere,
Forcenoit d'ire & d'extreme colere,
Quand sa Maistresse embrassoit nuict & iour
Dedans les bois Adonis son amour.

Mais celle la que depuis huict années
I'ay adoré maugré les Destinées,
M'adore seul, & l'amour, & la foy
Ne l'ont donnée à vous, ainçois à moy.

N'enuyés donc la Dame qui est mienne,
C'est contredire à la loy ancienne,
Au droit sacré, que desirer ialoux,
Et enuyeux ce qui n'est pas à vous.

ELEGIE.

10

P E N S E R S bourreaux de celuy qui vous donne
Tant de pouuoir sur toute sa personne,

Sur ses desirs, sur ses affections,
Sur sa raison, sur ses intentions,
Et sur sa vye, helas sa patience,
Sa loyauté digne de recompense,
Digne d'amour, & son cœur si parfaict
Aymera-il tousiours veuf de l'effect,
Et aura-il au fond de sa poictrine
Cruelz pensers vng penser qui luy mine
L'entendement, & luy face esperer
Ce qui le plus le faict desesperer?

 On dict souuent que Dieu & la Nature
Ne font iamais sages à l'aduanture
Cela qu'ilz font, & toutefois en vain
I'ay des pensers en l'esprit, & au sein
Des passions, & des mordantes peines,
Et des tourmentz qui courent dans mes veines,
Et si pourtant ie ne voy point la fin
D'vn si estrange & malheureux destin.

 Vous resemblés pensers à la Vipere,
Qui en naissant rompt le flanc de sa mere,
Et le deschire, & qui franche d'amour,
Ne voit le iour qu'en luy volant le iour.

 Quand vous naissés ie meurs de voz naissances,
Vous me froissés de vos viues puissances,
De vos desseins & l'esprit & le flanc,
Bref vous sortés auecques tout mon sang,
Viuant par moy tant vous portés d'enuye
A celuy-la qui vous donne la vye.

 Helas encor' si vous ne sortiés point,
Me conseillant au malheur qui me poingt,
D'vn esprit sage, & d'vne ame discrette

Mon amitié seroit tousiours secrette:
Car quant à moy i'ayme parfaictemeut
Celuy qui ayme vng peu secrettement.

    Mais en sortant vous allés par tout dire
Promptz comme Amour, mon amoureux martyre,
Et emplumés de l'aile de mes vers
Vous embouchés le Cor de l'vniuers,
Pour faire aux Dieux & aux hommes entendre
De mon malheur le malheureux esclandre:
    Quand vous sortés, pensers quand vous sortés
En esperant d'estre les bien traictés
Par mon Europe, & que son arrogance
Rompt vos conseilz comme vostre esperance,
Alors pouffis de rage & de fureur,
Le cœur enflé de colere & d'horreur,
Cruelz Tyrans vous fondés dans mon ame,
Me punissant du forfaict de Madame,
Et deschirant beans de malle faim
L'esprit d'Idée, & de douleur le sein.
    Ainsy celuy qu'eut la teste corniie
Pour voir Diane en l'onde toute niie
Feut deuoré par les chiens qui denoyent
Le recognoistre, aux ayses qu'ilz auoyent,
Et luy feut l'ame iniustement rauye
Par ceux à qui il departoit la vye:
    Si vous auès pensers cure de moy,
Chassés de moy cest amoureux esmoy,
Qui me saccage, & finissés vostre estre,
Vous redonrés l'essence à vostre Maistre.

ELEGIE.

II

I L me fant eftre inconftant en amour,
Si ie defire auoir quelque bon tour
De ma Maiftreffe, & fi ie veux encore
Donner de l'onde au feu qui me deuore,
Puis que ma foy, & ma fidelité
N'ont pour effoir qu'vne inhumanité,
Qu'vn fier defdain, & que pour recompenfe
De mes trauaux ie languis en fouffrance,
Defefperé pour fonder trop auant
Mon amitié fur les aifles du vent,
Les animaux ayment à l'aduenture
Selon que Dieu & la mere Nature
Les faict aymer, & pourtant ayment bien,
Puis que Dieu mefme ourdit ce doux lien,
Autheur premier de leur premiere flame,
Doncques l'amour inconftant vers la femme
N'eft à blafmer, auffy l'homme iamais
N'arrachera les flames & les traictz,
Qu'vne beauté luy met dans le courage
Si de nature il n'à l'humeur volage.
Voyés Thefée, & le braue Iafon,
L'vn filz d'Aegée, & l'autre filz d'Aefon,
Tous deux heureux, qui efteindrent la flame
Dont ilz brufloyent pour l'amour de leur Dame,
Et s'ilz n'auoyent adorant leur beauté
Que l'inconftance & l'infidelité,

Car l'vn quitta ayant l'ame guidée
D'vn feu nouueau la Colchide Medée,
Puis Hypsipyle, & l'autre delaissé
Celle que tant de fois il embrassa.

Si ie n'ay peu ayant esté fidelle
Souffler au corps vne amour mutuelle,
Au corps d'Europe, helas si ie n'ay peu
Par ma foy mesme alumer tant soy peu
Ce sang glacé qui la rend Inhumaine,
N'y faire Amour glisser à toute peine
Dedans son cœur, & luy faire en aymant
Ensemble auoir du bien & du tourment,
Ie pourray bien peut estre par le change,
Change, qui change ensembles, & qui range
Tout dessoubz soy, sa cruauté changer
En amitié, & soubz moy la ranger,
La faire mienne, & sa poictrine rendre
Toute en brasier, & toutz ses os en cendre,
Plantant autant sur son front de douceur,
Qu'il y auoit parauant de rigueur.

Quand vne Dame au vray sçaict recognoistre
Qu'elle est de nous la Dame, Amour le Maistre,
Que rien ne peut arracher nostre amour
Que cette nuict qui nous volle le iour,
C'est lors qu'elle est estrange outre mesure,
Qu'elle se rit des cruautés qu'endure
Son seruiteur : Mais aussy s'elle voit
Que peu constant vne flame il reçeoit
Toute nouuelle : alors la ialousie
Enfle son cœur, brouille sa fantasie,
La desespere, & pleine de desdain,

Et de fureur, le glaiue dans la main,
Menaſſe Amour, & ſon outrequidance,
Flamboye d'ire, & ard d'impatience,
Il faut donc eſtre inconſtant en amour
Si l'on deſire auoir quelque bon tour.

ELEGIE.
12
A MONSIEVR IOBERT, LIEV-
tenant Particulier à Bourges.

 OSTRE amitié ne commence qu'à naiſtre,
C'eſt la vertu qui luy donne ſon eſtre
Mon cher Iobers, & ſon accroiſſement,
Mais la vertu regne eternellement,
Et par ainſy l'amitié qui vient d'elle
Sera comme elle à iamais eternelle.
L'Ange du ciel que l'Eternel crea
Diuinement de rien, en ſon eſtre à
commencement , & de la main diuine
Heureux reçeut ſa premiere origine:
Mais il n'à point de fin, ains vit touſiours
Sans auoir peur des ſaiſons n'y des iours,
Ny de la faux du Temps, qui ne pardonne,
Fier ennemy des hommes à perſonne.
Et l'amitié qui vient de la vertu,
Qui à le cœur de ſes biens reueſtu
N'eſt rien qu'vn Ange, à qui la vertu meſme
Donne dans l'homme vne eſſence ſupreſme,
Qui par apres en deſpit du Deſtin,

Du cours du ciel, ne voit iamais sa fin,
Si les subiectz de cela sont capables,
Et qu'en humeurs ilz ne soyent dissemblables,
Car s'ilz auoyent diuerses qualités,
L'amour qui hayt les contrarietés,
Se periroit, non pourtant en essence,
Comme tu sçais, ainçois en existence.

Si donc l'amour, du monde le soleil,
Qui rend le cœur, & le desir pareil,
Nous rend pareilz, preste moy ton oreille,
Et ta raison, & tu orras merueille.

Il n'y à rien soubz la chappe des cieux,
Qui apparoisse euident à nos yeux,
Qui ne reçoyue en sa propre nature
L'effect certain d'vne matiere impure,
Et imparfaicte, & dont les actions
N'aillent tendant aux alterations,
Aux changementz, argument veritable
Las de l'estat de l'homme miserable:

Tantost le ciel s'enflame de chaleur,
Tantost aussy s'englace de froideur,
Selon les temps discordant à soy-mesme:
L'homme tantost brusle d'vne ire extresme,
Puis il s'appaise, & puis il est heureux
En aymant pas, puis aymant malheureux.

Il n'y auoit au globe de ce monde,
Dessoubz le ciel vne ioye seconde
A ma liesse, auparauant qu'Amour
Eust enuyé l'ayse de mon seiour:
Mon Dieu que fiere & cruelle est l'enuye,
Vautour beant, insatiable harpye.

Soubz vng espoir ie respirois charmé,
D'vn feu heureux i'estois lors enflamé,
Libre de crainte, & maintenant la glace
Roidit mon sang, & empallit ma face,
Me rend peureux, aussy desesperé
Que ie feus oncq en mon ayse asseuré.
    Et toutefois les accidens contraires,
Tout mon bon heur, & toutes mes miseres,
Ce qui me sert, & cela qui me nuit,
Ce qui me suit, & cela qui me fuit,
N'empescheront que de cœur & de plume
Ie n'eternise Europe qui m'alume
L'ame & la main: Celuy qui ayme bien,
Et sagement ne s'estonne de rien.

ELEGIE.

13

PLOREZ mes yeux, lamentés mes desastres,
Plorés les maux que me donnent les astres,
Où quelque Dieu, où plustost quelque esprit
Malicieux qui creue de despit
    De nostre bien, car souuent telle engeance
Meurt de nostre ayse, & de nostre esperance.
    Plorés sans cesse afin que celle-la
Que ma maistresse Amour mesme appella,
Voye l'ardeur sainctement veritable
Qui rend ma vye & mon cœur miserable.
    Comme l'on void vng bucher peu à peu
Verd distiller son humeur dans le feu,

Ainſy Drion mon humeur radicale
Diſtille au feu de ſon amour fatale,
Et la fureur d'vn chant ſi furieux:
Tire ſubtil cette humeur dans mes yeux,
Qui diſtillant d'vne courſe infinie,
Faict diſtiller mon Amour & ma vye,
Et auſſy-toſt qu'il n'y à plus d'humeur
Le feu deuore & conſume mon cœur.

   Donques ie meurs pour ſouffrir dedans l'ame,
Et dans les os ſon amoureuſe flame,
Elle le ſçaict, elle le voit auſſy,
Mais de trouuer quelque douce mercy,
Quelque ſecours à ma douleur profonde,
C'eſt proprement trouuer du feu dans l'onde.

   Et puis ceux-la qui ſçauent que ie ſuis
Captif aux lacqz que fuyr ie ne puis,
Et n'y ne veux, par merueille s'eſtonnent
De voir mes yeux qui tant de laimes donnent,
Ma face bleſme, & mon eſprit rauy
Dans le ſubiect que i'ay touſiours ſuiuy.

   Certes ceux-la ne ſçauent pas encore
Combien la flame amoureuſe deuore,
Et vœufz d'amour ne ſentirent iamais
Que peut d'Amour le carquois iette-traictz,
Parlant ſans preuue, où la vraye ſcience
Giſt en l'vſage, & en l'experience.

   Ce Cephiſide image de beauté,
Cogneut d'Amour la fiere cruauté,
Alors qu'il ſceut, œuure du ciel ſupreſme,
Luy meſme en l'onde amoureux de luy meſme.

   Ce Phrygien, ce Chorebe inſenſé,

Qui euſt le cœur pour Caſſandre bleſſé,
Et qui quittant ſes parens & ſa ville,
Veint au ſecours du pere & de la fille.

    Ceſt amoureux Mygdonien cogneut
Combien pouuoit la fleche qu'il reçeut,
Quand pour ayder ſa Dame eſcheuellée
Ferme il mourut du bras de Penelée.

    Las mais Narciſſe, & l'autre ieune amant
En bien aymant moururent ſeulement
Vng coup pour tout, où mille mortz certaines
Cent fois le iour furettent dans mes veines.

    L'vn cheut dans l'eau, l'autre d'vn fer pointu
Cruellément à bas feut abattu,
L'vn mort par l'onde, & l'autre par la lame,
Et pauure moy ie me meurs par la flame,
Touſiours chetif, touſiours paſſionné
Ayant le chef de Cyprés couronné.

ELEGIE.

I.4

LAS ſi i'auois ceſt eſpoir d'eſperer
Cette beauté qui me faiſt ſouſpirer,
Qui me martyre, & qui d'vn front ſeuers
Bouche l'oreille & l'œil à ma priere,
Ie reuiurois, mais n'eſtant aſſeuré
De l'eſperer ie ſuis deſeſperé,
Mal ſain d'eſprit comme de la poiſtrine,
Tout renfrongné au feu qui me ruine.

    Apres l'hyuer on eſpere l'Eſté,

Apres qu' Aeole à long temps agité
De sur les flotz vng belliqueux nauire,
L'air se rechauffe aux souspirs de Zephyre,
Visz & ardens, alors que Flore au cœur
Ieune luy boutte vne nouuelle ardeur.

  Icy tout change, icy tout est muable,
Tout, fors mon mal, icy est variable,
Et ce qui change est de l'humanité,
Où mon amour tient de la Deité,
Et par ainsy la peine qui vient d'elle,
Est, comme elle est, fermement eternelle.

  Apres auoir long-temps desesperé,
Long-temps ploré, & long-temps desiré,
Europe helas d'escript n'y de parole
Ne donne espoir au desir qui m'affole.

  Le Nautonnier, qui ardent du butin
Pend sur le flot effroyable & mutin,
Espere vng iour de reuoir sa famille,
Et le seiour souhaitte de sa ville,
Vingt-ans Vlysse erra de sur la mer,
Et puis reuint, & vit son toict fumer.

  Huict-ans & plus auec vne carine
Ferme ie cours sur l'ondeuse marine
De Cupidon, sans espoir de retour,
Las tant ie suis infortuné d'amour,
Pauure chetif voguant à l'aduenture
Parmy les bancz d'vne mer qui murmure,
Qui me menasse, & d'ombres & de bruit
Couure le ciel d'vne poisseuse nuict.

  Parmy l'horreur de l'onde courroucée
Lors que la nef viuement eslancée

Court incertaine, & recourt sans repos
Dans le profond des syrtes & des flotz.
Pirouettant au milieu de l'orage
Entre l'espoir, & entre le naufrage,
Le Marinier qui tremble de frayeur,
Qui tend au ciel, l'œil, les mains, & le cœur,
Aumoins espere à sa peine effroyable
Quelque flambeau sainctement fauorable.
    Mais moy qui suis vray Nautonnier d'amour,
Qui cours Neptune & de nuict & de iour,
Battu des ventz, froissé de la tempeste,
Et du peril qui tombe sur ma teste,
Ie cours fortune en mer desesperé,
N'estant du ciel au danger esclairé,
Couuert de nuict aussy bien que de craincte
Pour ardre au cœur d'une amitié tressaincte.
    Faute de feu Leandre feust donté
Par le trespas, & par le flot vouté,
Et faute aussy d'une flame iumelle
Ie meurs aymant d'une mort eternelle.

ELEGIE.

I S

 N G R A T Amour sortés hors de mon cœur,
Et autre-part cherchés vne autre humeur
Qui vous resemble, & pleine de feintise,
Pleine de ruse auec vous simbolise.
    Il n'est aysé de feindre son desir,
Se resiouyr d'un incertain plaisir,

Faux, & mafqué, & donté du martyre,
Plorer de l'ame, & du vifage rire,
Ris Sardonique, & pour eftre amoureux
Se dire heureux, & eftre malheureux:

Il n'eft ayfé à vng amant efclaue
D'auoir l'efprit, & le courage braue,
Parroiftre libre, & d'vn œil gracieux,
Couurir conftant fon ennuy foucieux.

Telle conftance aux hommes admirable,
Ne tombe au cœur du pauure miferable,
Fragile d'eftre, ains telle fermeté
Appartient feule à vne Deité.

Depuis quatre ans que ie commence à faire,
Tramer, ourdir le fil de cette hiftoire,
Helas Tragicque, où Megere peut tout,
Où le milieu, le principe & le bout
Sont pleins de fang, de meurtre, & de tu'rie,
Mefchans valetz, qui fuiuant la furie
Comme Maiftreffe, obeiffent foudain,
Allant à l'œuure & de cœur, & de main.

Depuis te temps, ô dure Deftinée,
O dure loy, à grand tort ordonnée
Contre ma foy, ie n'ay feulement veu
Que du regard, dont l'Amour ie reçeu,
Ma bien aymée, & n'ay peu de parole
Luy raconter le malheur qui m'affole.

Helas encore helas fi ie pouuois,
Au muglement contr'efchanger voix,
Mes mains eu patte, & ma cœlefte forme,
En vne forme & terreftre & difforme,
Et transformer cela que i'ay de beau

En la laideur d'vn amoureux Taureau,
I'esperois, mais ie ne le puis faire,
Ie ne suis Dieu, & le ciel aduersaire
De ma fortune, oppose à mes amours
Son influence, & l'effect de son cours.

   Quoy si ie passe aucunefois pres d'elle,
Pour luy monstrer que ie luy suis fidelle,
Et seruiteur, du bonnet & de l'œil
Ie la saluë, ainsy que le Soleil
L'Ægiptien pieusement saluë,
Dés le matin à sa saincte venüe.

   Mais soit qu'ell' soit où fine en son amour,
Ou qu'elle trompe vng amoureux d'vn tour
Lasche & meschant, tournant ailleurs l'œillade,
Le front masqué iamais ne me regarde,
Ne me saluë, & en passant ainsy
Me laisse en l'ame vng eternel soucy.

   Et toutefois ce qui le plus me touche,
Ie n'ay reçeu ny d'escript ny de bouche
Aucun confort a ma longue douleur,
Desesperé d'amour, & du malheur.

   Le-Brect pourtant cela me reconforte
Que le mal n'est tousiours à vne porte
De residence, & que le fier Destin
Tousiours ne frappe, ains nous quitte à la fin.

STANCES.

A MONSIEVR DAVID CHOPPIN,

Conseiller du Roy au siege Presidial
& Bailliage d'Orleans.

V O V S gouuernés Themis, Europe ie gouuerne,
Vous gouuernés le ciel, ie gouuerne l'Enfer,
Fier i'affronte l'amour, vous le monstre de Lerne,
Vous este' au siecle d'or, moy au siecle de fer.

Dans les cayers sacrés de vostre loy sacrée,
Tout cœleste & sacré vous apprenés le bien:
Dans le liure d'amour souuent ie me recrée,
Mais apprenant d'amour, Choppin ie n'apprend rien.

Vous estes bien heureux, ie suis plein de misere,
Vous aués du plaisir, & moy i'ay du tourment,
Vous aués la raison, i'ay perdu sa lumiere,
Car Amour m'à vollé l'œil & le iugement.

Sans cesse vous riés, sans cesse ie souspire,
Vous estes tout gaillard, ie suis tout r'enfrongné,
Tout heur vous respirés, tout malheur ie respire,
Qui seroit autrement de sa Dame esloigné?

Nous sommes par ainsy contraires de nature,
Le principe est contraire, & les effectz aussy,
En vivant ie me meurs, en me mourant i'endure,
Vous viués sans mourir libre de tout soucy.

Quelquefois à parmoy ie fay cette complainte,
s que ne suis-ie franc, & de peur & d'amour,
ue ne suys-ie Themis cette Déesse saincte,
mour donne la nuict, elle donne le iour.

Voire le plus souuent ie veux suiure sa trace,
omme vous l'adorer, & l'aymer comme vous,
ais Europe & Amour qui ont le cœur ialoux,
e rauissent l'esprit aussy bien que l'audace:

Mais Choppin vous aymés la saincte poësie,
Aussy ie vous fay don de ce vers mal limé,
on pour eterniser aux siecles vostre vye,
ais bien pour animer mon vers inanimé.

ELEGIE.
16
A EVROPE.

EVROPE i'ay par toy commencé cet ouurage,
Par toy ie finiray: on cognoist le courage,
Et la vertu d'vn homme à la perfection,
La perfection est la fin de l'action.
Si mes premiers souspirs, ne souspirẽt que flames,
es vers que cruautés, & mes yeux que des larmes,
a voix que des regretz, mon cœur que du soucy:
on feu, mes pleurs, mes cris tu reuerras icy
omme sur l'eschaffaut, & par ainsy ma belle
u cognoistras au vray que ie te suis fidelle,
ousiours passionné, endurant sans repos
Amour de dans mon ame, & ses feux en mes os.

T

Depuis huict ans qu'Amour me retient en seruage
Tu as tousiours vescu Dame de mon courage,
Dame de ma franchise, & Dame de ma foy,
Bref Dame de ma vye, & maistresse de moy.

    Mais ce temps n'est qu'vn rien, car puis qu'en ma poictrine
Ie couue tout diuin t'amour toute diuine
Europe ma Déesse, & que la Deité
N'à point de temps certain par le ciel limité,
Mon amour est sans terme, & la cruelle parque
Ne la passera pas dans l'infernale barque,
Ains quand tu t'en-iras cœleste dans les cieux
Elle se logera dans le feu de tes yeux,
Viuant par le brasier, à celle fin qu'on die
Qu'elle reçeoit de toy & sa mort & sa vye,
De toy sa seruitude, & puis sa liberté,
Tant peut desur la terre vne Diuinité.

    Et comme ces beaux vers te rendront immortelle,
Mon Amour par tes yeux se rendra perennelle,
Si que mes vers, & moy, & toy soubz vng lien
Bien-heureux & contans iouyrons de tout bien.

    Et comme ces chansons ne craignent le naufrage
Des flotz entre-rompus du foudroyant orage,
Ny les feux, ny les cieux, ny ce grand Iupiter
Qui se faict par la terre & par l'air redoutser.

    Europe ta beauté ne tremble soubz son ire
S'il endure pour toy vng amoureux martyre,
Martyre, si estrange, & à voir si nouueau
Que pour te mieux seduire il se fit en Taureau.

    Viuons en doux esbas, viuons, & que l'enuye,
Et tous les enuyeux meurent de nostre vye,
Et de nostre plaisir: Mignonne entre tes bras

Prend moy, puis serre moy, baise moy. puis helas
Oste moy de ton sein, où ie meurs ce me semble
Mais viuons moy dans toy, toy dans moy tout ensemble,
Toy par mes vers diuins, moy par ta Deité:
» La mort n'à du pouuoir que sur l'humanité.

FIN des Amours d'Europe.

Dum spiro, spero.

SONNET.
Au liure de son Frere.

MON Nepueu, non du corps, mais plustost de l'esprit,
    Le sourcil esleué contemple la lumiere,
Fais reuiure celuy qui dort dedans la biere,
Celuy qui te faict viure icy par son escrit.

    D'vn cœur hardy & masle en mourant il te fit,
Maugré la cruauté d'vne Maistresse fiere,
Aussy ineffroyable affranchis la barriere,
Où bien depuis deux ans en secret il te mit.

    A faute de courage il ne faut tousiours estre
Mussé dans vne estude, ains honorer son estre,
Son Pere, car le ciel nous le commande ainsy:

    Et si quelque Zoile enuyeux de sa gloire,
En parlant mal de toy attaque sa memoire,
Mon Nepueu croy qu'à tous on ne peut plaire icy.

                    F. Berthrand Frere de l'Autheur.
                                T ij.

LES ECLOGVES DE FRANCOIS BERTHRAND D'ORLEANS.

A MADAME.

A ORLEANS,
Par Fabian Hotot, Imprimeur ordinaire
du Roy, & Libraire Iuré de
l'Vniuersité.   1599.

Auec Permißion.

SONNET.

A

MADAME.

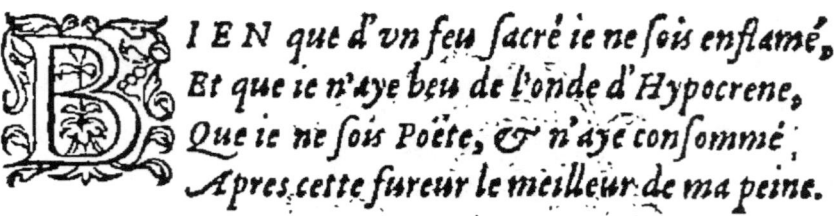IEN que d'vn feu sacré ie ne sois enflamé,
Et que ie n'aye beu de l'onde d'Hypocrene,
Que ie ne sois Poëte, & n'aye consommé
Apres cette fureur le meilleur de ma peine.

Bien qu' Apollon ne m'ayt si tendrement aymé,
Que d'Eurotte ne vienne & ma Muse & ma veine,
Toutefois le desir qui me tient animé,
Esguillonne ma verue, & ne la rend brehaine.

En forme de Pasteur ie chante bassement,
Sans aspirer si haut, mon amoureux tourment,
Et comme en esperant l'amant se desespere:

Ma Princesse abaissés sur ce liure voz yeux,
Bien qu'il se traine bas, ce neantmoins i'espere
Soubz vostre nom diuin le guinder dans les cieux.

F. B.

IN ECLOGAS F. BERTRANDI.
EPIGRAMMA.

VR vagus Arcadicis eiectus saltibus erras,
Et quid ab Amphryso pulsus Apollo doles?
Namque greges, ô Diue, tuos in Gallica ducet
Pascua Berthrandus, si modo gratus eris.
Gratus, ait, fuero: Pastorum ludat amores:
Laurigeros inter munera prima feret.

Aliud.

Syluestri quamuis modularis arundine musam,
Extenui magnum carmine fingis opus.
Non ex re artificem sola Berthrande probamus,
Sed cum res numeros, quos decet, ipsa tulit.

P. T. B.

VOTVM PRO POETA.

IS fœlix, Berthrande, mea pars maxima vitæ,
Nec te perpetuò spesque timorque regant:
Inueniatque sui finem comitata timore
spes, & propitium numen vtrumque sibi.

Credo equidem, nec vana fides, duo Numina vatis
　　Exacuunt vires in sua facta pias.
Sic tua paulatim socio cogatur amore
　　Margaris, abiecta callida nequitia:
Agnoscat dulces, foueatque interrita flammas,
　　Et pariter foelix vrat vtrumque Venus.
Sitis foelices tanta dulcedine capti:
　　Hanc tantum soluant vltima fata fidem:
Sitis & ô paruæ (cedat fortuna) Columbæ,
　　Ambo ætate pares, ignibus ambo pares:
Teque ferant alij huic vni placuisse puellæ,
　　Atque vnam è multis hanc placuisse tibi.

I. le Breé.

LES ECLOGVES DE FRANCOIS BERTHRAND D'ORLEANS.

A MADAME.

Delphinum Sylvis appingit fluctib. Apru

LES PASTEVRS.

BERTET. BRISSET. IANOT.

FAVLT obeir à Dieu, aux Iuges, & aux Roys,
Foudres sont leur puissance, oracles sont leur voix,
Le subiect les doibt craindre, & vers terre la face
Prendre l'humilité, & delaisser l'audace,
Sans se mettre au hazard de receuoir des cieux
Le guerdon que reçeut vng ieune audacieux,
Qui brauant le Soleil, Dieu de grande puissance,
Guinda iusques au ciel son cœur plein d'arrogance,
Mais qui tomba depuis malheureux en la mer,
Mer qui du nom du sot se laissa surnommer.

Brisset.

Ces mouuemenẑ diuers, ces routtes, ces cadances,
Qui d'accordẑ discordans font de si douces dances,
Enseignent au plus simple & rustique Pasteur
Que par dessus le ciel il y à vng Moteur,
Qui faict roüer ces corps, & que de cette suitte,
Et que de son pouuoir le monde se limite.

Cela nous monstre aussy qu'il le faut adorer,
Pryer, craindre, loüer, aymer & reuerer,
Comme celuy qui peut de puissance infinie
Et nous donner la mort, & nous donner la vye.

Ianot.

Les Roys sainctẑ & sacreẑ tiennent le premier lieu
Comme Images de Dieu en ce monde apres Dieu,
Aussy les faict-il naistre, & puis à leur naissance
Leur donne sa douceur, sa grandeur, sa puissance,
Bien heure leurs desseins, les secourt au besoing,
Et ne quitte iamais leurs personnes de loing.

Puis donc qu'ilẑ sont de Dieu les viuantes Images
Leur faut rendre subiectẑ la foy & les hommages,
Les aymer, les cherir, & pryer à genoux
Qu'ilẑ demeurent icy long-temps auec nous,
Pour nous regir en paix, & non pas par enuye,
Enfumer vng coutteau dans le sang de leur vye,
I'abhorre ces meurtriers, & Phœbus comme moy,
Lors qu'il s'enfuit du ciel, & se voile d'esmoy.

Bertet.

Ianot il faut aussy honorer la Iustice,
Elle est fille de Dieu, elle chasse le vice,
Pollice les cites, & comme d'vn lien
Sans contrainéte contrainét le monde à faire bien;

Elle incite le Bon soubz espoir de salaire
De suiure la vertu, l'adorer, & bien faire,
Et par ses chastimens empesche qu'icy bas
Le malheureux du bon ne cherche le trespas,
Ne le ruine en ses biens, & par voye intraictable
Ne le rende impuni chetif & miserable.

   Cette grande Déesse à pour gouuernement,
Quand le fer ne bruit point, la terre entierement,
Dieu luy à departy, des-lors qu'il feit le monde,
Le ciel, l'Enfer, le feu l'air & la terre & l'onde.

   Sans elle mon Ianot on ne peut rien sçauoir,
Les sciences luy font l'honneur & le debuoir,
L'Adorent en Déesse: Et nostre poësie
Encor' que soit de l'ame vne libre furie,
Vne verue effrenée, & qui plaist aux grandz Roys,
S'il faut-il que soubz elle elle abaisse sa voix,
Modere sa fureur, & noye dedans l'onde
D'Oubly les braues vers qui volent par le monde.

           Brisset.

   Mais laissons tout cela mon Bertet, & dy moy
D'où vient que ie te voy defiguré d'esmoy,
Espouuentable & haue, ayant la face egalle
A vng corps entombé qu'a la fosse on deuale:
Et comment veu ce mal tu viens dans ces herbis
Des-la pointe du iour amener tes brebis,
Qui prenant du soucy du soing que tu endure,
Ne prenent tout le iour qu'à regret la pasture.

           Bertet.

   Brisset la fieure quarte hostesse de mon cœur,
M'assaille tout le cœur d'vne telle fureur,
Qu'il semble que ie brusle, & si dedans ma face

On y contemple peinte & la mort & la glace.

  Cette maudite fieure est fille de Pluton,
Qu'il engendra de feu, & puis dans Phlegeton
La plongea par neuf-fou, afin de poindre l'ame,
Par la glace cuifante, & par la chaude flame:

  Ie fuis toufiours deux iours fans eftre trauaillé,
Enflammé, englacé, bourrellé, tenaillé
De cette Acherontide, & lors dans la prerie
Palle ie viens paffer cette mélancholie,
Cependant qu'à l'efcart mes chiens, & mon trouppeau
Brouttent le poliot à la riue de l'eau.

Ianot.

Bertet deux chofes font cette mélancholie,
L'eftude eft la premiere, & l'autre la folie,
Où l'amertume eft douce, & le doux eft amer,
Qu'aux bois communément nous appellons aymer.

  Ces deux peines d'efprit font que les efpritz fongent,
Et que par trop fonger extremément fe rongent,
Ainfin il ne faut pas Bertet tant eftudier,
Ny fi eftroittement à l'amour fe lier.

Bertet.

  Las de trop eftudier ie n'ay la maladie,
Car pour me contenter feulement i'eftudie,
Non pour auoir du bruit, ny pour auoir encor'
Dans vng coffre de fer des threfors & de l'or.

Vray eft que rien ne peut d'auantage me plaire,
Que d'auoir bien fouuent dans les mains vng Homere,
Vng Virgile, vng Pindare, vng Horace, vng Platon,
Vng Plutarque, vng Senecque, vng Arate, vng Caton,
Par fois vng Ariftote, & foul de fa fcience
Donner tout mon efprit à la Iurifprudence,

Puis n'eſtant trop ſeuere employer quelque iour
A lire les Autheurs qui parlent de l'amour:
  Amour helas Ianot qui doucement me bleſſe
Par les yeux d'vne belle & nouuelle Maiſtreſſe,
Que ie vy l'autre iour, quand i'allois aux herbis,
Enonder ſa fusée aupres de ſes brebis.
  Ie la trouuay ſi belle & ſi douce & ſi fiere
Que mon ame auſſy toſt ſe rendit priſonniere
De mon conſentement: He' qui pourroit s'armer
Contre ſon œil d'amour qui peut tout enflamer ?

Briſſet.

  Dy nous mon cher Paſteur qui eſt cette Bergere
Que tu trouues ſi belle & ſi douce & ſi fiere?
Qui ta rauy le cœur , & qui te rend ainſy,
Si enflamé d'Amour, ſi glacé de ſoucy,
Si Saturne d'humeur, & ſi palle en viſage
Qu'on ne te iugeroit vng homme, ains vne Image.

Bertet.

  Quoy ſerois-ie en Amour Briſſet tenu diſcret
De te donner ainſy la clef de mon ſecret,
Pour ouurir ma poiĉtrine, & cognoiſtre à ton ayſe
Toutes mes aĉtions, ma Maiſtreſſe, & ma braiſe.
  Ie ne puis mon amy mon mal te diſcourir
D'euſſe-ie viure au feu, en la glace mourir,
Et toutefois d'autant que ſon nom me conſole
Ie te diray pour tout que l'on l'appelle Iole.

Ianet.

  Retirons nous d'icy, il eſt temps d'auoir faim,
Et puis pour vous Bertet mauuais eſt ſerain.

ECLOGVE II.

PAVLIN. FRANCIN.

-- Paleni. lime. Recte

PAVLIN bien que ie t'ayme autant côme mõ cœur,
Ie n'ose toutefois te dire la douleur
Qui m'assaut iour & nuict, außy le dur martyre
Qui m'empesche la voix, m'empesche de le dire,
   Ie le diray pourtant, peut estre tu pouras
Descharmer ma raison, & deboucler mes bras,
Me redonner mon ame, & me mettre en franchise,
Car tu ne cedé en rien du beau Berger d'Amphrise.

Paulin.

   Mon Francin ce nest-pas d'auiourd'huy que tu sçais
Que parmy les forestz ie ne cogneus iamais
Vng Berger qui me feut plus amy, car ie t'ayme,
Ces bois le sçauent bien, cent fois plus que moy-mesme,
Que mon cœur, que mes yeux : parquoy descouure moy
Cette extreme douleur qui te tient soubz sa loy :
Peut estre que ma Muse à charmer bien apprise,
Pitoyable à ton mal, te rendra ta franchise.

Francin.

   Helas comment pourroisie amy te descouurir
Le mal qui me faict viure, & qui me faict mourir?
Qui me donne à l'instant la peur & l'asseurance,
Ie né le vy iamais dans les forestz de France,

Ie ne sçay pas son nom, toutefois ie le sens
Saccager dans mon ame, & brouiller tous mes sens,
Me briser tous les os, & me succer les veines,
Me becqueter le cœur, me donner mille peines,
M'englacer les poulmons, & puis les r'enflammer,
Me charmer la raison, & puis la décharmer,
Estre de mon costé, puis me porter enuye,
Me donner à la mort, puis me rendre à la vye.

Paulin.

Vng iour i'allois seulet mener par les pastis
Mon troupellet camus pour luy enfler le pis,
Le rendre plus gracet, & luy faire à cognoistre
Que i'estois son Berger, son seigneur & son maistre:
Goufault marchoit deuant à grand pas, tout ainsy
Qu'vn grand Taureau picqué de rage & de soucy.

I'auisay dans vng antre vng pasteur ce me semble
Qui à nostre Colin naifuement resemble,
Colin ce grand chanteur, qui traine par sa voix
Les fleuues apres luy, les rochers & les bois.

Soudain d'vn pied leger i'auance la carriere,
Ie touche mon trouppeau, ie leue la paupiere,
Et puis ie le cogneu, & comme fol soudain
Ie me pend à son col, & luy baise la main.

Ie luy conte en apres le soucy qui me tüe,
Comme le Dieu d'amour mille fleches me rüe,
Et comme iour & nuict il me naure le cœur
Ores d'vne asseurance, & ores d'vne peur,
Comme ie suis helas suiuy d'vne misere,
Et comme dans l'espoir chetif ie desespere:

Ce grand pasteur Colin sans faire long seiour
M'enseigna que c'estoient les fleches de l'Amour,

Cet Enfant infenfé, qui caufoient mon martyre,
Et que rien n'appaifoit cet ennuy que la lire,
Qui charme Cytherée, & fon filz emplumé,
Quand il à noftre cœur doucement alumé:
Ie chante quelquefois, mais fi toft que ie chante
I'adoucis vng petit le mal qui me tourmente.

Francin.

Puis donq' qu'en bien chantant l'on chaffe cet efmoy,
Chantons dans ce taillis, Paulin car ie te croy,
Pan nous efcoutera, & les faincles brigades
Des Faunes, des Syluains, des Nymphes Oreades
D'vne oreille attentiue efcouteront le fon,
Et l'air tout plein d'amour d'vne telle chanfon.

Paulin.

Francin ie le veux bien, veux tu que ie commence,
Que i'enfeigne aux foreftz combien i'ay de fouffrance,
Combien i'ay de douleur pour aymer cent fois mieux
Que moy, que mes poulmons, que mon cœur, que mes yeux
Vne belle Bergere à qui ie fais hommage,
Bergere qui me donte & l'ame, & le courage,
Qui me rend fon efclaue, & veut que ie fois fien,
Et ne me donne rien finon le mefme rien.

Francin.

Paulin c'eft la raifon, car tu fçais mieux la trace
Que moy comment il fault grimper defur Parnaffe,
Boire dedans Permeffe, & d'vne trifte voix
Inciter à pitié les antres & les bois,
Quand tu auras tout dict, ie diray le martyre,
Et la Bergere auffy las! pour qui ie fouspire.

Paulin.

Vng iour de fainct Lazare au temps du renouueau,

Que l

Que les Pasteurs s'en vont esbanoyer sur l'eau,
Courir parmy la pleine, & amys de la dance
Trepigner d'vn pié libre en rond à la cadance,
Ioyeux de mon malheur, ie vy de toutes pars
Des bergeres venir, le poil estoit espars
A l'vne sur le dos, comme à nostre contrée,
Et aux lieux d'alentour on voit la mariée,
A l'autre au tour du col, comme on voit quelque fois
Diane quand ell' court vng Daim parmy les bois

    Marion mon soucy (car ainsy l'on appelle
Les bois me l'ont appris, la ieune Pastourelle)
Auoit son poil doré en ondes racourcy,
Les filetz où ie suis captif à sa mercy.

    S'il me falloit conter la beauté que i'adore,
Il faudroit mon Francin d'escrire vne Pandore,
Et ses rares presens, dont la trouppe des Dieux
Embellirent sa bouche, & son front, & ses yeux,
Elle est toute diuine, & les traictz de sa face
Ne cedent à sa grace, & sa cœleste grace
Va combatant son front, & ainsy ie sçay bien
Que pour cette beauté i'ay perdu tout mon bien,
Que ie suis malheureux, & que rien ne me reste
Sinon au fond de l'ame vne cruelle peste,
Qui m'oste le repos, & ne cesse iamais
Qu'elle n'aye herissé mon cœur de mille traictz.

    Si tost que i'apperceu cette beauté diuine
Mon cœur feut esperdu, ie sentis ma poictrine
S'alumer peu à peu d'vn feu qui me rongeoit,
Et Amour de ses dardz les os me saccageoit,
Ie souspirois de dueil, & combatu de rage
Ie diffamois mon sein, ie plombois mon visage,

Maudissois ma fortune, & ainsy tout le iour
Tandis que l'on dansoit ie me plaignois d'Amour.

En fin impatient ie vois dressant la veüe,
Ie marche tout craintif, & puis ie la saliie,
Luy donne le bon iour, & muet tout soudain
Plein de glace & de feu ie luy baïze la main,
Ie la conduis au bal, & luy monstre à ma mine
Que i'ay l'amour au cœur, le feu dans la poictrine,
La honte sur le front, & que ie n'ose ainsy
D'vn discours langoureux luy conter mon soucy,
Ell' voit ma contenance, & ie voy bien la sienne,
Ell' voit que ie suis sien, & ie voy qu'elle est mienne,
Ell' tremble d'amour, & sans cesse ie crainz,
Ell' à peur de me perdre, & chetif ie me plains,
Ie bats mon estomacq tant au cœur i'ay de crainte
Qu'aymant en autre lieu son amour ne soit feinte.
Ainsy troublé de peur ie sortis de ce lieu,
Ie courbay le genoil, & puis luy dis Adieu:

Depuis mon cher Francin i'ay à ces larges plaines,
A ces antres moußus faict entendre mes peines,
Raconté mes ennuys, & d'vne triste voix
Esmeu mesme à pitié les forestz & les bois.

Echo, qui respondit aux accens de ma lyre,
Cognoissant bien mon mal, souspiroit mon martyre,
Et les eaux iour & nuict ne murmuroyent sinon
Le soucy qui me tient pour aymer Marion,
Marion la Bergere à qui ie porte enuye,
Et à qui i'ay donné mes chansons & ma vye,
Marion mon seul bien, que i'ayme cent fois mieux
Que ie ne fais mes chiens, mes reths & mes espieux.

Or' tu cognois Francin le chagrain qui me donte,

,, L'on appaise vng petit son mal quand on le conte,
Donq' fais moy ie te prye à cognoistre le tien,
Comment tu t'és perdu en perdant tout ton bien.

Francin.

Paulin le iour qu' Amour me descocha sa fleche,
Qu'il me fit dedans l'ame vne profonde breche,
Les ieunes Pastoureaux, les Bergeres aussy
Qui ont au cœur l'amour, & au front le soucy,
En l'honneur de Pales Déesse forestiere,
Celebroyent en plaisir la feste coustumiere.

Les vngs chantoyent des vers, & d'vne douce voix
Charmoyent en bien chantant les fleuues & les bois,
Les autres plus grossiers s'esbatoyent à la boulle,
Boulle agille de soy, & qui sans cesse roule,
Les autres à l'escart iouoyent au francarreau,
Et les autres cherchoyent quelque ieu plus nouueau:

On voyoit d'autre-part les ieunes pastourelles
Qui sont à leurs amans & belles & cruelles,
Se tenir par la main, & carroler en rond:
Comme on voit en esté danser dessus vng mont
Les Nymphes de Diane en simples verdugades,
Et faire brusquement mille & mille gambades:

Ie cours deuers la dance, ains deuers mon malheur,
Ie vis vne Bergere au milieu de ce chœur,
Qui passoit en blancheur d'vn Cygne le plumage,
Et à peine quinze ans auoyent borné son aage:
Margot estoit son nom, qui finement sçeut bien
M'oster la liberté, & me rendre tout sien:

Feru d'vn tel obiect ie me fourre à la dance,
Ie mets bas ma houlette, & d'vne contenance
Qui tesmoigna mon mal, ie luy baizay la main,

B ij

Puis Amour coup sur coup m'enfonça dans le sein
Son traiſt deſeſperé qui cauſa ma ruine,
Et ie n'ay peu depuis garentir ma poiſtrine
D'vne telle poiſon, auſſy l'homme ne peut
,, Reſiſter à ce Dieu ſi luy meſme ne veut:
    I'ay long temps frequenté beaucoup de paſtourelles,
Qui auoient l'œil brunet, belles & non cruelles,
Et toutefois iamais de leur œil indonté
Ne peurent mon Paulin rauir ma liberté,
I'eſtois ainſy qu'vn roc aux cris impitoyable,
I'ignorois le ſecours plus leger que le ſable,
Et plus ſourd que la mer, & ie ne ſçauois point
Combien nous faiſt de mal Amour quand il nous poingt:
Ie ne voulus iamais accorder leur requeſte,
Auſſy le ciel n'auoit amaſſé ſur ma teſte
Dix-huiſt ans accomplis, & le petit cotton
Ne commençoit encore a dorer mon menton,
I'eſtois retif au ioug, comme on voit la Geniſſe,
Où le ieune Taureau qui n'à point faiſt ſeruice,
Qui à les nerfz tous frais, les muſcles & les os
Réttuer le fardeau qu'on luy met ſur le dos.
    Mais ſoudain que ie vy ce celeſte viſage,
Le cœur me friſſonna, ie perdis le courage,
Vaincu ſans coup ferir, & craignant le treſpas
Ie me rend ſon eſclaue, & mets les armes bas
Mourant pour l'amour d'elle, & voulant que ces plaines
Racontent aux Paſteurs les amoureuſes peines,
Les ſoings, & les ennuys que i'ay par chaſque iour
Pour aymer plus que moy ſon œil tout plein d'amour.
    Quand ie ſerois vng roc, où vne pierre dure
Encore auroiſie au cœur le ſoucy que i'endure,

Et ſerois amoureux de celle qui peut bien
Enflammer l'eſtomac du Dieu Tenarien.
  Les Dieux du ciel voulté prindrent plaiſir à faire
Cette belle, & honneſte, & gentille bergere,
Apollon luy donna ſes beaux cheueux dorés,
La Déeſſe Iunon ſes bras bien meſurés,
BlancZ, polis, & graceZ, Mercure ſa fineſſe,
Et les Muſes de boire en l'onde de Permeſſe,
Pithon ſa langue d'or, & la belle Thetis
Luy donna ſes deux piedZ argentés & petis,
Pallas de bien ourdir vne tapiſſerie,
Et Venus de voler aux Paſtoureaux la vye,
Vulcan ſes trais aigus dont ie ſuis agité,
Iuppiter ſon pouuoir, & Mars ſa cruauté:
  Les Cerfs ſe nourriront dans la cœleſte plaine,
La mer mettra à bord les poiſſons ſur l'areine,
L'eſté ſera glacé, l'hyuer tout plein de feux,
Les brebis & les loups s'eſbatront deux à deux,
Tout ſe verra changé, & le Parthe barbare,
Chaſſé de ſon païs, boira dedans Arare,
Le Germain dans le Tygre, & les marins Anglois,
En changeans leur humeur, aymeront les François,
Et de rechef encor' boiront dans noſtre Loyre
Deuant que ſa beauté tombe de ma memoire:
  Et certes mon Paulin c'eſt vng tref-grand malheur
Depuis que cet Amour nous à bleſſé le cœur,
Enchanté la raiſon, & ſillé la paupiere
Pour aymer follement vne belle bergere.
                    Paulin.
  Berger il s'en va tard, retirons nous d'icy,
Contemple nos troupeaux qui ſont à la mercy

Des Larrons & des Loups, qui se cachent sans cesse,
Pour voler les Pasteurs, dans la Forest espesse:
   Quand le soleil doré nous redonra le iour
Nous reuiendrons icy deuiser de l'amour,
Mais aduanceons le pas, fuyons des Loups la rage,
Ie voy fumer de loing les toiëtz de ce village
Que la nuiët nous desrobe, & les ombres, qui sont
Plus grandes à nos yeux, tombent de ce hault mont,
I'ay peur de faire attendre, hastons nous ie te prye,
Trop long-temps à soupper ma bergere Marie.

ECLOGVE III.

De L'Eclogue 2. de Vergile

FRANCIN.

SI pour aymer six ans Margot la Pastourelle,
Si pour nourrir chez moy le soing qui me bourell.
Maintenant esperer, & puis desesperer,
Maintenant estre gay, maintenant souspirer,
   Entre tous les malheurs auoir de la constance,
Endurer, & cacher combien i'ay de souffrance,
Et d'ennuy dans le cœur, centfois plustost mourir,
Heureux pour bien aymer, que de me decouurir:
Si pour tant de douleurs quelque bien l'on merite,
C'est moy seul qui deurois ma Nymphe, ma Charite,

Margot mon seul soucy quelque bien recenoir,
Où parmy ces forestz ierre sans rien auoir.

Les eaux, & les rochers, bien qu'ilz n'ayent point d'ame,
Qu'ilz soient sans sentiment, si pleignent-ilz ma flame.
Esmeus de mes regretz, & touchés de pitié
Se fendent bien souuent les Rocs par la moitié,
Où ton cœur plus cruel que n'est la roche dure,
Se rit de mon amour, & du mal que i'endure:

Rien que toy ne me pousse à venir dans ces bois,
Dans ces taillis ombreux, & d'vne triste voix
Enseigner aux forestz & aux proches montaignes,
Aux fleuues d'alentour, aux prés, & aux campagnes,
Aux antres, aux buissons, & aux oyseaux diuers
Que Margot ne faict cas de moy, ny de mes vers,
Ny de mon doux trouppeau qui va brouttant la plaine,
Mais qui beelle, & se plaind dequoy ie suis en peine.

O cruelle Margot tu n'as doncq' pas pitié,
De ma longue douleur, de ma longue amitié,
De ton Pasteur Francin, de sa ferme constance,
Et du traict qui l'à mis en ton obeissance,
Donques ne veux-tu pas Margot le secourir?
Non, mais tu le veux faire incessamment mourir.

Maintenant le trouppeau cherche le frais ombrage,
Le Lesard le buisson, le Bœuf l'antre sauuage,
Annette aux moissonneurs tout halés de chaleur,
Accoustre le serpot herbe pleine d'odeur,
Les aux, & la salade, afin de rendre moindre
La rage du Lion qui hardy les vient poindre:
Mais las auecque moy, quand ie cherche tes pas,
Soubz le Soleil qui faict mille ardeurs icy bas,
La Cygalle aux longs piedz lamente sa misere,

Souspire sur la branche, & puis se desespere.

O Margot qui n'as rien au cœur que cruauté,
Ne te fie pas trop à ta fiere beauté,
La blanche fleur du Troesne vng seul printemps ne dure,
Le lys ne dure rien, & la belle verdure
Voit à peine vng Soleil, ainsi ne durera
Ce beau teint blanchissant, mais tost se fanira.

Tu me vas mesprisant aux Pastoureaux de France,
Et tu ne sçais de qui i'ay tiré ma naissance,
Ne qui sont mes parens, & tu ne sçais pas bien,
Combien ilz m'ont laissé de thresors & de bien.

Bien que ie ne sois seul des Enfans de mon Pere,
Si ay-ie quelque bien de l'estoc de ma Mere,
Qui à dans ces forestz bien long-temps habité,
Voy ce taillis ramieux que i'ay de son costé,
Voy ce petit logis, & cet antre sauuage,
Mon ayeul luy donna iadis en mariage.

Contemple ma houlette, & mon flageol aussy,
Dont quelquefoys ie chante en charmant mon soucy,
Voy ma fonde à deux bras, & voy ma panetiere,
Mon chien & mon grand bouc qui à la barbe noire,
C'est du bien de ma mere, & si i'ay de surplus
Les thresors des neuf sœurs, & les dons de Phœbus.

Bref i'ay tant de trouppeaux que ie n'en sçay le nombre,
Mes brebis d'vn costé vont paissant dessoubz l'ombre
Brouttant le poliot, mes bœuz en plein soleil,
Et mon mastin pelu curieux leue l'œil,
Et aguette les Loups, qui viennent dans la plaine,
Pour esgorger goulus le mouton porte-laine:
Mes Vasches d'autre-part grimpent dessus vng mont,
Mes aigneaux, & mes veaux qui difficiles sont,

D'

vn esprit esgaré errent à l'aduanture
les conduit pauuret̃z leur brutale nature:
I'ay sans cesse dụ laiĉt soit hyuer soit esté,
y du frommage aussy, & ie n'ay point esté
ns auoir en tout temps des noys, & des chastaines,
ut est tien si tu veux faire cesser mes peines,
eccoiser ma douleur, adoulcir mon esmoy,
le feü trop ardent qui me brusle pour toy.
te chante quelquefois de ma douce Musette,
blasme ta rigueur, & ma foy ie regrette,
plains ma liberté, ie maudis ma raison,
mon cœur qui c'est mis en ta belle prison
itre ma volonté, lequel à voulu faire
hose qui luy estoit directement contraire.
ie chante les beaux vers, lesquelz chanter souloie
Amphion, quand le iour ses trouppeaux appelloit,
ur les mener aux champs, où au mont d'Aracynthe,
ais les pins ont pitié de ma iuste complainte.
Ie ne suis pas si laid comme tes yeux me font,
autre iour ie me vy au riuage le front,
uand les vent̃z sur la mer n'exercent pas leur rage,
t certes ie trouuay assés beau mon visage,
t puis il ne faut pas regarder, comme on faiĉt,
le Berger est beau, mais bien s'il est parfaiĉt,
aillard, & bien aymant, d'autant que d'estre belles,
n'appartient, Margot, qu'aux ieunes pastoureilles,
ui ont bien peu d'amour, & beaucoup de fierté,
en peu d'affection, & beaucoup de beauté,
ui trompent d'vne œillade, où bien d'vne feintĩe,
Berger qui leur donne aussy-tost sa franchise,
ut se rend miserable, & d'vn grand traiĉt se poingt,

C

Pour aymer la beauté, las! qui ne l'ayme point.

Escoute i'ay trouué dedans cette vallée   26
Deux aignelet7 qui ont vne peau tauellée
De cent mille couleurs, & au pres d'eux estoit
La mere qui pour lors vng peu les allettoit.
Iamais ie n'en trouuay vne paire si belle,
Il7 ne tirent le iour que deux fois la mammelle,   28
Puis courent par les prés auecques les brebis,
Puis viennent pressurer de leur mere le pis,
Pour se faire plus gras, & la chair plus polie:

Il n'y a pas long-temps que la belle Marie,   29
Que Paulin sçait si bien sur son flageol chanter,
Me vint trouuer aux champs pour me les emporter,
Et le fera de faict, puis que tu ne fais conte   30
De moy, de mes presens, ny du mal qui me doute:

Mais viens belle Margot auecques moy icy,
Sied7 toy soub7 cet Ormeau, ces Nymphes que voicy,   32
T'apportent des paniers pleins de lys, & de roses,   33
Soub7 les rays du Soleil tout fraischement escloses,   34
Nais d'autre costé te cueille le pauot,   35
La mariolaine, & l'vn, & l'autre poliot,   36
L'aneth qui sent tres-bon, la palle violette,   37
Et du ieune Narcis l'agreable fleurette.

Hé pourquoy me fuys-tu? Margot approche toy,
Approche ie te prye, & viens auecque moy,
Nous aurons du plaisir, les astres tout7 ensemble,
Plus clair voyant7 qu'Argus se riront ce me semble
De voir nos passetemps, & Phœbus radieux
Décelera nos ieux à la trouppe des Dieux,
Ie n'en seray marry au dedans de mon ame,
Car s'il7 ayment la haut, vne secrette flame

ans ce taillis me brusle, & me poingt nuict & iour
ur porter dans le sein le traict de ton amour.
Bien que ie sois pasteur ne me suis ie te prye,
t'ayme cent fois mieux que ie ne fais ma vye,
uis tu sçais que les Dieux, les Princes & les Rois,   4·6
asteurs comme ie suis, vont habiter les bois,
onduire au point du iour leurs trouppeaux aux herbages,
t puis apres auoir conté sur les riuages,
u dans quelque grand pré par nombre leurs brebis,
es r'amener au soir, & leur tirer le pis,
n faire du frommage, & d'vn pippeau d'aueine
hanter apres soupper leur amoureuse peine.

Apollon feut berger, Paris le feut aussy,   4·6
t Adon qui viuant feut le plus cher soucy
De la belle Venus, qui en fut si rauye,
u'elle eut beaucoup d'ennuy quand il perdit la vye,
allas ayme les bois, & ie les ayme mieux   *Virgile dit toute le theatre Hc*
ue ie ne fais cent fois la clairté de mes yeux, *ques condit arces ipsa colat. Pallas*

L'abeille suit les fleurs & le soldart Bellonne, *nobis plantaui ars...*
e Loup poursuit la Chieure, & le Loup la Lionne, 49
t la Chieure poursuit l'odorant Cythison,   50
aulin le beau Berger sa brune Marion,
t ie te suis Margot ma belle Pastourelle,
, Ainsy chacun se range où son desir l'appelle. *trahit sua quixq; voluptas*

Regarde, le Taureau du labeur harrassé,   V·52
raine parmy les champs le coutre renuersé,   53
t le Soleil couchant ia les ombres augmente,   53
t l'ardeur de l'amour toutefois me tourmente,   54
e iour se diminue, & mon mal croist tousiours,
Aalheureux qui poursuit de si fieres amours:

Trouppeau marche deuant, car tu sçais bien l'estable,
Puis que Margot se rit, mon mal est incurable,
Et mon trespas prochain: Adieu Margot Adieu,
Ie reuiendray demain me replaindre en ce lieu.

ECLOGVE IIII.

LES PASTEVRS.

BERTET. BRISSET.

CELVY est bien amy, Bertet, de la Fortune,
Voire son petit filz, que le ciel n'importune
Cruel à ses desseins, & ne le va suiuant,
Au milieu de ses pas, de l'orage & du vent:
Heureux est vng pasteur qui busque sa franchise,
Et que le sort d'amour sourdement fauorise,
Venus en ayme peu, & bien-heureux celuy
Qui monte dans son ciel exempt de tout ennuy.

Bertet.

Faut croire mon Brisset que toute chose née
Est subiecte à la loy que faict la Destinée,
Et que le ciel plus haut viuement agité
Renuerse sur nos chefz vne fatalité
Qui ne nous peut fuir, mais laquelle il faut suiure
Pendant que Dieu ça bas nous permettra de viure.

Si nous sommes heureux faut prendre ce bon heur,
Si nous sommes aussy poursuyuis du malheur,
Il nous faut sans broncher supporter cet orage:
„ En malheur seulement se cognoist le courage,
„ Et la vertu d'vn homme, & puis qui veut ramer,
Heureux où malheureux, sur l'amoureuse mer,
Il faut que soubz ses piedz il mette toute chose,
„ Car iamais n'est heureux qui le mal se propose.

Brisset.

Si i'eusse bien songé, & de iour & de nuict
Au soing qui me tallonne, & de si pres me suit,
Et que d'vn bras puissant i'eusse serré la bride
Au mal, qui m'à depuis conduit dedans Carybde,
Helas ie ne serois captif soubz le souty,
Ny le filz de Venus ne me tu'roit ainsy,
Ie serois à moy-mesme, & ma belle Francine
Ne tu'roit tant de feux au fond de ma poictrine.

Bertet.

Tu és doncq' amoureux? Ie ne le sçauois point:

Brisset.

Bertet si tu sçauois combien ce mal me poingt,
Et me donne d'ennuy, & comme il me possede,
Tu irois par les fleurs chercher quelque remede,
Pour en faire du ius, puis vng medicament
Qui auroit la vertu d'ettouffer mon tourment.

Bertet.

Si ie pouuois par herbe auoir quelque remede
Au mal cuisant d'amour, qui tous les maux excede,
Ie le prendrois pour moy, qui ay, comme tu as,
Pour aymer trop Annette, en mon cœur le trespas,
Et meurs loing du secours, car on ne voit personne

Qui guerisse ce mal que celle qui le donne:

   Toutefois conte moy comme Amour cet Enfans
Dessus ta liberté demeura triumphant,
Te rendit soubz sa loy, rengea soubz son Empire,
,, On appaise en contant son amoureux martyre,

Brisset.

   La nuict estoit obscure, & par tout le repos,
Et le somme de fer couloit dedans les os
Des hommes assouppis, quand d'vne lente course
Le Bouuier va tournant tout à l'entour de l'Ourse:
   Au lict te sommeillois, abatu du labeur
Dont le feu d'Apollon embrase nostre cœur,
Et dormant & veillant, alors que la Cyprine
Me veint troubler l'esprit, le sens & la poictrine,
S'apparoissant à moy au deuant de mon lict,
   Bien que ie sommeillasse, & que ce feut de nuict,
Ie la cogneu pourtant, amenant auec elle
Son filz à son costé, plus bas la pastourelle
Qui me tient soubz sa loy, que ie cogneus soudain
A son front, à son œil, à son nés, à sa main,
I'estois tout esperdu, mais de cette parole
La Royne des Amours doucement me console:
   Berger ie suis venu seullement pour ton bien,
Soigneuse de ton mal, n'ayes crainte de rien,
Mais r'asseure ta peur, & voy cette Bergere
Qui se met dans tes bras pour chasser ta misere,
Reçoy-la ie te prye, ayme-la comme toy,
Elle te sera douce, & prompte à ton esmoy:
Celuy est bien remply d'vne rigueur extreme,
Qui gaillard ne reçoit la Bergere qui l'ayme:
   Quoy? veu que tu és ieune, aymable & gracieux,

Beau filz, & que l'amour se niche dans tes yeux,
Charmant mesme vng rocher, ce seroit grand dommage
Si tu n'estois captif dans l'amoureux cordage,
Vieillissant sans aymer, celuy est malheureux
Qui vit comme vne Idole, & n'est pas amoureux.

Voy comme on parle icy d'Adonis, & d'Anchise,
Pour m'auoir seulement faict don de leur franchise
Esclaues soubz mon Ceste, & pour m'auoir aymé
D'vne amitié qui m'à tout le cœur enflammé,
S'ilz ne m'eussent aymé, maintenant leur memoire,
Mourant auec le corps, dormiroit soubz la biere,
On ne parleroit d'eux, où leur fidelité
Consacre leur memoire à l'immortalité:
Ainsy si tu deuiens amoureux de Francine,
Embrasant dans ses yeux chastement ta poictrine,
Tu seras immortel, & le siecle à venir
A iamais de ton nom se pourra souuenir:
Arme toy donc Berger d'vne ferme asseurance,
Et loing de ta douleur ne banis l'esperance,
Mais souffre en esperant, celuy doit esperer
Qui veut iouyr du bien qui le faict souspirer.

Elle n'eut pas si-tost fini cette parole,
Qu'elle s'enfuit de moy ainsy comme vne Idole,
Fend le vuide de l'air apres m'auoir blessé,
Et vne extreme peur m'auoit le cœur glacé,
Admirant vng tel cas, puis soudain ie m'esueille,
Et m'esueillant ie perdz cette douce merueille,
Francine ma mignonne, & depuis ie n'ay peu
Arracher de mon cœur le traict que i'ay receu.

Bertet.

Comme ie conduisois, approchant la vesprée,

Mes boucz & mes brebis dans vne large prée,
Vis à vis du Pouthi cette belle maison,
L'accent plein de douceur d'vne douce chanson,
S'eslancçant parmy l'air me vint frapper l'oreille,
Et m'enchanta les sens d'vne douce merueille,
Et quand i'y pense encor' cette douceur me poingt,
Il me souuient de l'air, les motz ie ne sçay point
Perdus dedans la vague, & soudain ie m'aduance,
Norrissant mon esprit au moins d'vne esperance
Que cette douce voix donroit allegement
A la roüe de fer qui tourne mon tourment:

    L'espoir ne me frauda, car i'auisay Francine
Qui poussoit vne voix de sa blanche poictrine
Partissant les rochers, & les faisant danser:
D'vn pied graue-courtois ie vins à m'aduanser,
Luy oste mon bonnet, luy fais la reuerance,
Elle qui me cognoist dés ma premiere enfance,
Me rendit mon salut, & sans tarder soudain
Me feit asseoir sur l'herbe, & puis me print la main,
Discourant comme vng Dieu, & tirant par l'oreille
Hors de mon corps mortel mon ame de merueille.

Brisser.

    Sur tout i'ayme Francine, & ainsy que l'humeur
Est douce au bled qui est battu de la chaleur,
Et le saule aquatique à mes boucz agreable,
Qui ont la faim aux dentz, & sortent de l'estable,
L'arboisier agreable au cheureul nouuellet,
Qui est hors de nourrice, & ne prend plus de laict,
Sur tout me plaist Francine, & s'il faut à toute heure
Que ie viue pour elle, & pour elle ie meure,
Tant sa beauté me force, & quand ces derniers iours

I'alla

I'allay faire vng voyage vng peu plus bas que Tours,
Elle plora de dueil, plora de fascherie,
Baignant dans vne mer sa charnure polie,
Et me dict les pourquoy Brisset vas tu si loing?
Demeure si mes yeux te donnent quelque soing:
   Or Bertet ie t'ay dict l'admirable aduenture
Dont la belle Cypris surmonta ma nature
Qui n'estoit que de fer, maintenant conte moy
Comment ton ennemye eut pouuoir de sur toy.

Bertet.

   Phœbus estoit bien loing de nous, & sa charrette
Faisoit dans les Poißons pour vng mois sa retrette,
L'hyuer estoit nostre hoste, & se campoit chez nous,
La mer grosse de flos bouffißoit de couroux
Batüe de cent vens directement contraires,
Tout estoit obscurcy, & les douces riuieres
Reserroient leur carriere esprises de froideur,
La mors estoit par tout, quand au fond de mon cœur
Vng petit feu rampa, qui me sçeut si bien prendre
Captif dans son brasier, qu'il me mit tout en cendre
Poursuyuant ma fortune, & rien ne me resta
Pour me rendre asseuré au mal qui m'enchanta,
Qu'vne Idole insensible, & si ie sens encore
Ce brasier qui goulu fierement me deuore:
   La Bergere pour qui mon cœur se plaint si fort
Qu'en l'aymant il veut viure, & s'il cherche la mort,
Porte le nom d'Annette, Annette que la plaine
Recognoist aux souspirs de mon tuyau d'aueine,
Mais si tu veux sçauoir mon cher Brisset le iour,
L'an, le mois que ie feus espris de son amour:
Ma foy l'an mil cinq cens contant quatre vingts seize,

D.

Dans le mois de Decembre, vne nouuelle braize
Me rendit amoureux de la saincte beauté,
Qui du traict de son œil rauit ma liberté,
Que ie tenois si chere, & aux hanns indontable,
Qui rendent à la fin vng Berger miserable.

Ce iour que ie fe*m* pris, les Nopces on faisoit
De sa Sœur qui beaucoup en aage la passoit,
Et beaucoup en sagesse, aussy la Destinée
Luy captiuoit le col soubz la loy d'Hymenée
Pour la seconde fois. & luy monstra combien,
Pour attendre vng petit, l'on remporte de bien.

Les Pasteurs d'alentour, portans dessus leur teste
Du myrthe Paphien, s'enuurirent à la feste,
Dansants à qui mieux mieux depuis le point du iour,
Iusqu'au soir que l'espoux iouyt de son amour:
Tout estoit en liesse, en plaisir & en ioye,
Pendant qu'vn faux espoir me mettoit à la proye
D'vne ingrate beauté, qui ne me trame rien,
Pour le mal qui me suit, qu'vn eternel lien,
Qu'vn licol, qu'vn bourreau, qui auant sa naissance,
Ou bien vng peu apres abat mon esperance,
L'estouffe & la desime, & me monstre comment
Pour aymer constamment l'on n'à que du tourment.

Elle à le cœur si fier, & l'ame si rebelle,
Qu'elle voit mieux que moy le soing qui me martelle,
Me suit & m'importune, & ne veut pas pourtant
Estre attentiue au mal qui me va tourmentant.

Comme le Leup est triste aux brebis en l'estable,
Le tempeste de l'eau aux fruictz meurs dommageable,
Aux arbres Aquilon, & aux fleurs la chaleur,
A mon repos est triste Annette & sa rigueur,

Et puis dans vng champ gras vng Taureau ie fay paiſtre
Auſſy maigre & deffaict que Bertet ſon bon maiſtre,
Tourmenté de l'amour, & cet amour en fin
Durdira au Taureau, & au Maiſtre la fin:
  Mais la mort me plaiſt fort, & me déplaiſt la vye,
Puis que de me tuer ma Nymphe à tant d'ennuye,
Ma Nymphe qui ſans ceſſe helas me faict mourir,
Et mort ne me veut pas dans ces bois ſecourir:
Et certes mon Briſſet ta guerriere Francine
Ne couue vng tel glaçon au fond de ſa poictrine.

Briſſet.

  Bertet ſi tu ſçauois, mais tu ne le ſçais pas,
Combien en vng clin d'œil i'endure de treſpas,
Tu ne dirois ainſy: Adieu l'heure me preſſe,
Et l'amour dauantage, Adieu car ma Déeſſe
M'attend ie le ſçay bien, Adieu Bertet Adieu,
Ie reuiendray demain te reuoir en ce lieu.

Bertet.

  Briſſet ne t'en va pas, laiſſe là ton aymée,
Tu pourras repoſer deſoubz cette ramée
La nuict auecque moy, & tu pourras auſſy
Soupper, ſans m'ennuyer, dans ce taillis icy:
Voy comme il s'en va nuict, & contemple la Lune
Qui faict par ces foreſtz briller ſa face brune.

D ij.

ECLOGVE. V.
LES PASTEVRS.
FRANCIN. PAVLIN. COLIN.

Rancin allons aux chãps, voy que le temps eſt beau,
Harſoir ie contemplois le ſigne du Taureau,
Qui n'auoit plus au chef les aqueuſes Hyades,
Orion ſe cachoit, & les belles Pleiades
Brilloyent ſur l'horiſon, Venus, qui à ſoucy
Des Bergers amoureux, brilloit là haut auſſy,
Signe que le printemps, que le Paſteur deſire,
Amene auecque ſoy le doux-ſoufflant Zephyre.
    Allons doncq' mon Francin, dans les bois tout le iour
Deſſus nos chalumeaux nous nous plaindrons d'Amour,
Qui nous aſſaut cruel les muſcles & les veines,
,, On appaiſe en chantant les amoureuſes peines.
Francin.
    Va querir ton trouppeau, ie vois querir le mien,
Amene ton grand Bouc, & Goufaut ton grand chien,
Lequel ſera le guet, pendant que dans cet antre,
Où iamais en eſté l'ardeur du Soleil n'entre,
Nous flaterons le mal, & la longue douleur
Que deux yeux ont fiché au fons de noſtre cœur.

Paulin.

Mon bouc conduit le mien dans vne large plaine,
Où croiſt le poliot, le thim, la mariolaine,
Pres l'onde de Loyret, où ſans ceſſe ie vais
Bien deux heures deuant que la chaleur des rais
Du Soleil qui voit tout, & qui par tout regarde,
Mille feux flambotans ſur la terre ne darde.

Francin.

I'ayme bien ce païs, & à bonne raiſon,
Car là premierement ie perdis ma raiſon,
Et mon ame qui lors ſe monſtra ſi rebelle,
Qu'elle m'bandonna, ſuyuant ma paſtourelle,
Qui la charma ſi bien, que tant qu'elle viura,
Et voire apres ma mort en tous lieux la ſuiura.

Mon trouppeau ſans mon ſçeu s'y en va à toute heure,
Il cognoiſt ma Bergere, il cognoiſt ſa demeure,
Mieux que ie ne la fais, ſans tarder plus long-temps
Paulin doublons le pas, aduanceons il eſt temps,
Il y à loing d'icy, deuant qu'eſtre à la ſourſe,
Le Soleil aura faict la moitié de ſa courſe.

Paulin.

Or' ſus repoſons nous deſſoubz ce large Ormeau:
Ie te veux faire voir que mon doux chalumeau
Surpaſſe autant le tien, que le Cyprés ſauuage
Surpaſſe de hauteur les buiſſons d'vn boccage.

Francin.

Ton chalumeau dit bien, & tu dis bien auſſy,
Et toutefois Paulin ie ne te quitte ainſy,
Il faut que les foreſtz à la robbe nouuelle
Nous rendent bons amys vuidans noſtre querelle,
e ſuis preſt de chanter, ie ne recule point,

Car vng defir extreme à te vaincre me poingt.

Paulin.

Ie fuis tout preft auffy, & preste ma mufette,
Ie ne fuis pas couard, iamais ie ne reiette
Celuy-là qui m'attaque, ains ie luy monftre bien
Que i'y entendz fineffe, & qu'il n'y cognoift rien.

Or' afin que l'on fçache auec l'experience
Lequel de nous deux peut le plus en la fçience
De bien chanter des vers, ie gage maintenant
Mon grand Bouc efcorné, qui garde feurement
Mon trouppellet camus, & qui, quand ie fommeille,
Pour voir ma Marion auffy toft me refueille.

Il eft fi effronté qu'il ne crainct pas les Loups,
Les Pafteurs en ont peur quand il eft en couroux,
Et mene bien fouuent mes trouppeaux à l'eftable;
Quand au bois ie m'appelle vng amant miferable,
Que fi fort ie me plains, & tourmente fi fort
Que ie demeure ainfy comme fi i'eftois mort,
Et fuis contrainct au foir furieux de manie,
D'aller à la maifon tout feul fans compagnie,
Ie le gage pourtant, orfus aduife toy
De quel prix mon Francin tu veux combatre à moy.

Francin.

De mon trouppeau ie n'oze auec toy combatre,
Mon Pere eft au logis qui ne me faict que battre,
Et ma Maraftre y eft, deux fois foubz ces couppeaux
Ilz content deffians le iour tous leurs trouppeaux,
Mon Pere les Brebis, & ma Mere les Chieures,
Cependant que ie mets ma mufette à mes leures,
Pour plaindre ma fortune, & le mal que me faict
Ma Nymphe pour l'aymer mieux qu'elle ne me faict:

Mais puis qu'à ces forestz tu veux monstrer ta rage,
Ie te veux bien monstrer que ie ne perdz courage,
Ains que ie suis, Paulin trop viuement espris
De chanter mieux que toy, & d'emporter ton pris,
Le donner à Margot, & luy faire à cognoistre
Que i'ay gaigné le Bouc en surmontant le maistre.
  Or rien ie gage doncq' mon Paulin ce vaisseau,
Qu'vn excellant ouurier composa de fouteau,
On voit autour de l'anse vne Venus blesmie,
Et à ses piedz Adon qui à perdu la vye,
Poudreux, desiguré, la mort dedans le cœur,
Et Venus porte en l'ame vne extreme douleur,
Voyant son amy mort, & rompt sa tresse blonde,
Ayant dans l'estomac vne playe profonde,
Plus creuse que le coup dont Adonis mourut,
Quand vng Sanglier felon fierement le ferut.
    Puis à l'entour du ventre on voit vne Bergere
Qui de son seul regard à conçeu ma misere,
Basti le monument où mort ie dormiray,
Et où d'vn son caché mon trespas ie louray.
    Plus on voit sur le pot sa perruque s'espendre,
Perruque qui me sçeut l'autre iour si bien prendre,
Que i'en reste au iourd'huy encores prisonnier,
Et ie ne veux pourtant pour rien me deslier:
Le pot est de grand prix, toutefois ie le gage,
Or' sus chante Paulin, & t'enfle le courage.

                    Paulin.

D'auiourd'huy si ie puis tu ne m'eschapperas,
Francin i'yray par tout où tu m'appelleras,
Choisis quelqu'vn d'icy qui nos chansons escoutte:
Hé ie voy vng Pasteur qui vient par cette routte

Que l'on ne hante point, par ma foy c'eſt Colin,
Qui nous ayme tous deux, ie cognois ſon maſtin
Qui va haſtant le pas, ie cognoiſt ſa houlette,
Sa large panetiere, & ſa douce Muſette
Qu'il porte ſur ſon dos, dont il peut arracher,
Pour danſer apres luy, la maſſe d'vn rocher:
Veux-tu qu'il nous eſcoutte, & que le prix il donne
A celuy qui du doigt plus doucement fredonne?

Francin.

Ie ne refuſe point, commence mon Paulin,
Pour Iuge ie veux bien le grand Paſteur Colin,
Qui d'vn eſprit gaillard, ſans eſgard de perſonne,
Donnera la victoire à cil qui le mieux ſonne.

Colin.

Or'ſus mes bons amys mettés vous en repos
Sur l'herbe molle & tendre, appuyés voſtre dos
Contre ce Roc prochain, iettés bas la houlette,
Et prenés hardiment en vos mains la Muſette,
Pour dire à qui mieux mieux iuſqu'au point de la nuict.
La terre ſe repare, & la foreſt produit
Iour & nuict tant de fleurs que l'on n'en ſçaict le nombre,
Et puis vos gras trouppeaux vont paiſſant deſſoubz l'ombre:
L'an ſe monſtre agreable, & propre aux amoureux,
Les antres ſont fueillus, & les taillis ombreux,
Toy mon Paulin commence, & toy Francin de ſuitte
Entonne ſur ta flutte vng vers qui te merite,
Ainſy vous irés d'ordre, Amour qui vous conduit
Ayme le plus ſouuent la chanſon qui ſe ſuit.

Paulin.

Il faut par Iupiter Muſes que ie commence,
Il ayme noſtre terre & luy ayde au beſoin,

Il m

Il m'à tousiours chery dés ma premiere enfance,
Et c'eſt luy ſeul qui à de mes chanſons le ſoin.

Francin.

Apollon me faiɛt voir les ſecretʒ de Parnaſſe,
Il m'ayme ſur tout autre, & ie l'adore auſſy,
Son laurier ceint mon front, & m'ombrage la face,
Il me tire l'oreille, & à de moy ſoucy.

Paulin.

Marion m'ayme bien, & ne me l'oʒe dire,
Elle voit ſa douleur, & la cache pourtant,
Elle cognoiſt auſſy mon amoureux martyre,
Et ie ſçay bien le mal qui la va tourmentant.

Francin.

Margot que i'ayme mieux mille fois que ma vye,
Me porte dedans l'ame vne ſainɛte amitié,
Elle ſçaiɛt bien qu'elle à ma liberté rauye,
Auſſy de mon ennuy elle à quelque pitié.

Paulin.

Quand ma belle me voit elle tremble de crainɛte
Tant Amour de ſes traiɛtʒ luy ſaccage le cœur,
Et moy tremblant de peur ie commence ma plainɛte,
Mais ſi bas qu'on ne peut entendre ma douleur.

Francin.

Quand ie vais voir de iour ma blanche paſtourelle,
Le feu qui l'ard au cœur luy monte ſur le front,
Elle eſt plus rouge à voir que l'Aurore nouuelle,
Qui ne faiɛt que paroiſtre encore ſur vng mont.

Paulin.

Ie garde à ma mignonne vne ieune Linotte,
Qui diɛt à toutʒ paſſantʒ mon amoureux eſmoy,
Elle chante ſi haut, & à la voix ſi forte

E.

Que Marion l'entend, & s'en mocque de moy.

Francin.

L'autre iour ie trouuay vng Merle dans la plaine,
Qui charme mon tourment, & chante tout le iour,
Il appelle à bon droit Margot vne inhumaine,
Qui m'ayme, & toutefois me cache son amour.

Paulin.

Que ie serois heureux si ma brune Bergere
Faisoit conte de moy, & de ma passion,
Ie ne serois, Francin, poursuiuy de misere,
Pendu sur vne roüe ainsy qu'vn Ixion.

Francin.

Quel heur auroisie au cœur si la course fatale
Des cieux dessus mon chef respandoit quelque bien,
Ie ne serois, Paulin, ainsy qu'on voit Tantale,
Qui est aupres le fruict, & n'en remporte rien.

Paulin.

Ma fiere sçaict mon mal, & ne le veut pas croire,
Si elle le croyoit ie serois trop heureux,
Mais puis qu'elle à gaigné sur mon cœur la victoire,
Qu'elle ayme comme moy, car ie suis amoureux.

Francin.

Margot cognoist & croit le soing qui me tourmente,
Mais elle ne peut pas ores me secourir,
Toutefois son vouloir maintenant me contente,
Peut-estre elle pourra quelque iour me guerir.

Paulin.

Amour n'est qu'vne fleur où bien vne verdure
Au cœur de Marion, qui meurt en vng moment,
Mais en mon cœur constant c'est vne pierre dure,
Vng marbre parien, vng Roc, vng diamant.

Francin.

Amour de cent douceurs va paissant ma Déesse,
Et luy baille le feu dont ie suis alumé,
Mais quand pour la blesser deuers luy ie m'adresse,
Il me donne vng brandon, mais i'en suis consumé.

Paulin.

Ie voudrois bien guerir de cette maladie,
Où pour elle mourir sans endurer ainsy,
Ie vis, & si ie perdz centfois le iour la vye,
Où quand ie seray mort ie viuray sans soucy.

Francin.

Puis que tu as sur moy belle toute puissance,
Donne moy du secours, où donne moy la mort,
Le secours que ie veux c'est d'auoir iouyssance,
Et la mort de descendre au plutonique bord.

Paulin.

Ma pastourelle porte vne teinture brune,
Et desur son beau front vng cristal argenté:
Par ces deux pointz elle est bien semblable à la Lune,
Et à celle pour qui vng Dieu feut surmonté.

Francin.

Celle qui me captiue à tout le front d'albastre,
L'œil vert, le nés longuet qui pare sa beauté,
Dans vng antre souuent son beau sein l'idolastre,
Mais son œil est tousiours remply de cruauté.

Colin.

Bergers la nuict s'approche allons ie vous en prye,
i'ay ouy de vos chants la plaisante harmonie,
Qui me charme l'oreille, & rauit les espris,
Paulin prend ce vaisseau, toy Francin ce beau pris,
Ce Bouc dont ie fais cas, & pas ne le refuse,

E ij.

Car vous estes tous deux esgaux d'aage & de Muse:

   Adieu mes bons amys, Adieu car ie m'en vous,

Rien qu'vne espesse horreur n'accompagne les bois,

Puis ie suis loing d'icy, il me faut bien vne heure,

Amoy qui suis si vieil pour reuoir ma demeure:

Vous qui estes gaillardz, & ieunes pourrés bien

Aller iusque au village, & si ne mettriés rien.

ECLOGVE. VI.
PAVLIN.

APRES auoir chanté sur mon pippeau d'aueine

Le rapt & les amours de Paris & d'Helene,

Paris Pasteur Troyen, & comme pour aymer

La fille à Iupiter il sillonna la mer,

   Vit Sparte la cité, & enleua la belle,

Pour qui son cœur souffroit vne peine eternelle:

   Ie pourray maintenant, car ie suis comme luy

Et Berger & amant, raconter mon ennuy

Dans ce rude fiscillet, aussy ma Mariette,

Bien qu'elle soit rustique ayme bien ma musette,

L'entend fort voluntiers, & se plaist grandement

D'escouter que son œil me donne du tourment,

Me faict mourir de soing, & d'vne viue flame

Assiege fierement le rempart de mon ame.

   I'estois sans mouuement vng Roc Marpesien,

I'auois l'ame de More, & le cœur scythien,

Lourde masse de plomb errant parmy la plaine,
Sans raison comme faict le trouppeau porte-laine,
Deuant que le subiect d'vne diuinité
M'eust esleué l'esprit volant ma liberté,
Me rendant amoureux, & lanceant dans mes veines,
Auecques ses attraictz mille sortes de peines.

Ie n'auois pas soucy, comme i'ay maintenant
De me leuer matin, m'accoustrer gentement,
Me friser les cheueux, me parfumer la face,
Me façonner le pied, me composer la grace,
Me rendre plein d'appas, me faire beau garson,
Puis toucher sur ma flutte vne belle chanson.

Mais Amour qui sçaict tout, vng Dieu doit tout cognoistre,
Me monstra le moyen de me faire paroistre
Entre les Pastoureaux, & d'estre bien aymé
De ce diuin subiect dont ie suis enflammé.

Il m'à faict ce plaisir, aussi en recompense
Tousiours ie chanteray ce Dieu parmy la France,
Dieu que i'adore seul, Dieu qui m'est immortel,
Et tous les ans vng iour i'enfume son autel,
Et son temple sacré d'vn aigneau le plus tendre
Que ie puis ce iour la dans mon estable prendre.

Mon Dieu qu'en peu de temps l'on deuient amoureux,
Mon Dieu qu'en peu de temps l'on deuient malheureux,
Quand vne fois Amour en signe de conqueste
De ses deux piedz vainqueurs nous à foullé la teste,
Rendu ses prisonniers, & mis aux mains le fer,
Et dans deux beaux soleilz à basti nostre enfer.

I'estois franc de ses haims, & du cruel seruage
Qui rend plein de fureur tout amoureux courage,
I'auois ma liberté, & ne cognoissois point

Combien nous faict d'ennuy son traict lors qu'il nous poingt.

　　Mais soudain que ie vy ma Nymphe forestiere,
Mon ame dans ses yeux se rendit prisonniere,
Dans son sein s'esgara & se perdit si bien
Qu'elle me mécognoist & ne me veut pour rien.

　　Mon trouppeau qui habite incessamment la plaine,
Ne cognoist pas si bien la franche mariolaine,
Apollon sa houlette & Mars son morion,
Que mon ame cognoist ma brune Marion.

　　Diane n'ayme pas si cherement la chasse,
Ses chiens, & ses espieux, ny puis apres la tasse
Pleine d'vne belle eau, que ie fais le beau sein
Qui doucement m'à pris mon cœur hors de ma main.

　　Vng onziesme d'Auril, le iour de sainct Lazare,
Ie vy cette beauté qui vaincroit vng Barbare,
L'estommac me battoit, mon ame languissoit
Soubz le traict de son œil dont elle se paissoit.

　　Elle parroissoit haute entre les Pastourelles,
Sa beauté effaceoit la beauté des plus belles,
Vray miracle d'Amour, & rien n'estoit que feint
Aupres le beau corail des roses de son teint:

　　Comme l'on voit Diane au milieu des brigades,
Haut paroistre en honneur, des gentilles Driades,
Auoir toute puissance & d'vne seule voix
Faire trembler les Dieux, les Nymphes & les bois,
Ainsy paroist gentille au milieu des Bergeres
Celle que i'ayme mieux mille-fois que mes freres,
Mes sœurs, & mes parens, & dont la cruauté
Me nuit bien dauantage au cœur que la beauté.

　　Le beau Berger Francin dignement la reuere,
Luy faict la courtoisie, & ie m'en desespere

Impatient d'Amour, les pins & les ormeaux,
Les rochers les forestz, les antres & les eaux
Flechiffent foubz fes pas, luy font la reuerence,
Et ie ne fçay comment admirent fa puiffance,
Cognoiffent fa grandeur, & moy d'autre cofté
Deffus mon flageolet ie chante fa beauté.

Anchife feut efpris des amours de Dionne,
Ell'eftoit fon plaifir, fon œil, & fa mignonne,
Ses ieux, fes paffetemps, fa vye & fon confort,
Auffy loing de fes yeux fe n'eftoit rien qu'vn mort,
Plus froid au maniment qu'vn'ombre acherontide,
Que paffe à l'autre bord la barque cocytide.

Et certes il auoit fubiect de l'aymer mieux,
Que fon cœur, que fon fang, que la clairté des cieux,
Qui premiere luy mit au fond de la poictrine
L'amour & les appas de la belle Erycine,
Il doit dif-ie l'aymer, car il eut la faueur,
Et le bien qu'vn amant demande à fa douleur.

Mais moy bien que ie fois vng Berger miferable,
La butte d'vn chafcun, le fubiect & la fable,
Me plaignant iour & nuict de la fiere beauté,
Qui par les bois fe rit de ma fidelité,
De ma conftante amour, de cette douce rage,
Et de cette amitié qui gaigne mon courage:

Bien qu'elle foit ma mort, mon phyltre, & ma poifon,
Bien qu'elle m'ait vollé le fens & la raifon,
Ofté la liberté, faccagé la franchife,
Rauy le cœur du corps d'vne fine entreprife,
Rendu defefperé, infenfé, furieux,
Toutefois à par moy ie l'ayme beaucoup mieux
Qu'Anchife fa Venus & fa rigueur cruelle

Augmente mon braſier, & me rend plus fidelle:
Ie ſuis du naturel du Cygne dorien,
Car plus ma mort s'approche, & plus ie chante bien,
Ayſe que Marion par ma mort s'eſiouyſſe,
Ainçois que p ᵕ ma mort ma triſteſſe finiſſe:
Si, ainſy qu Atropos nous deſrobe le tour,
D'vn cœur ieune & gaillard ell' efface l'amour.

    Trouppeau à l'aduenir tu pourras bien cognoiſtre
Qu'en perdant ton Paulin tu perdras vng bon maiſtre,
Que tu eſtois ioyeux, bien gras & bien heureux,
Deuant qu'vn bel obiect le rendit amoureux:
Va t'en à la maiſon mon trouppeau ie te prye,
Ie ne chanteray plus deſſus ma chalemye,
Comme ie ſoulois faire a lors que tu paiſſois,
La langue me defaut, les poulmons & la voix.

Fin des Eclogues de F. Berthrand,
d'Orleans.   1599.

AD F. BERTHRANDVM.
EPIGRAMMA.

DVM canis agreſtem, ficta ſub arundine, muſam,
    Crudelemque doles Margarin eſſe tibi.
Margarides verè triſtes modularis amores,
    Nec falſos geſtat fabula ficta ſonos.
Optarim! poſito miteſcat Margaris ore,
    Quàm bene ſub ficta Margare, Margaris eſt